집들이 선물

KB103761

책밤에세이 001

집들이 선물

———

김민정
이영미
장정미
전수민
김경아
김남희
지은호
조영수
정현이
허윤정
강경원
김가원
정유리
조혜영

책쓰는밤 ♪

나의 살던 고향은 암사시영아파트
공중전화 부스, 전봇대, 단지 안 유아원
칙칙회색 아파트 세운 동네
그 속에서 놀던 때가 그립습니다

이영미

차례

#김민정

귀신과의 동거

이 책을 선보인다면 아마 생일 즈음일 거다. 벌써 세 번째 출간인데도 이번에는 괜히 더 설렌다. 작가이기 때문에 받을 수 있는 특별하고도 의미 있는 선물일 테니까. 테마 단편집 《굿바이, 마이빌런》(2021), 《서울은 그렇게》(2011) 출간 이후 장편소설 《맹 드라이브스쿨》을 선보일 예정인데, 장편 작업이 쉽게 끝나지 않아 말하자면 숨 고르기랄까. 이렇게 한 권의 책을 더 품어보는 것으로 에너지를 얻는다. 중앙대학교 문예창작학과에서 공부했다.

귀신과의 동거

"엄마, 똥 다 쌌는데 휴지가 없어!"

설거지를 하느라 물소리에 묻혔나 보다. 대답이 없자 아이
는 고래고래 소리를 질렀다.

"엄마! 나 똥, 쌌, 다, 고! 그런데 휴, 지, 가, 없, 다, 고오!"

톡, 톡, 톡 스타카토. 음악 학원 선생님에게 칭찬받은 아이
의 박자감과 우렁찬 성량은 사실이었구나, 이럴 땐 참 학원비
가 안 아깝다. 젖은 손을 대충 털며 휴지를 가지러 가는데, 쌍
둥이 1분 동생 녀석이 화장실 앞에 턱을 괴고 앉아 용변 중인
1분 누나에게 으으, 거린다.

"빨간 휴지를 줄까, 파란 휴지를 줄까?"

욕실 수납장 가득 휴지를 채우고 나오다가 나도 문 앞에 쪼그리고 앉아 물었다.

"그거 엄마 어렸을 때 유행했던 건데, 너희들도 빨간 휴지 파란 휴지 이야기 알아?"

"응, 우리 유치원 다닐 때부터 알았던 이야기야."

"그럼 홍콩할매는?"

"그것도 알아!"

무서운 이야기는 유행을 안 타나. 아니면 빨간 휴지 파란 휴지, 홍콩할매 이야기는 호러 스토리의 고전 걸작쯤 되는가. 유치원 때부터 알아서 시시하다는 아이들에게 나는 본격적으로 나의 귀신 경험담을 들려주기 시작했다.

"엄마가 진짜 무서운 이야기 해줄까? 엄마가 결혼하기 전에 살았던 집 이야기인데 말이야."

아이들은 풀다 만 연산집을 펼쳐놓은 채, 나는 거품을 잔뜩 묻힌 압력밥솥을 개수대에 내버려둔 채 이야기를 시작했다.

조막 만한 원룸 이사를 하루 앞둔 날이었다. 대충이라도 입주청소를 해야 할 것 같아 고무장갑에 물티슈를 챙겨왔는데, 물티슈는 몇 장도 쓰지 못한 채 방바닥 가운데에 주저앉고 말았다. 30분 가량 망연자실하다가 고무장갑을 벗어 던지고 자리에서 일어섰다. 옆집이든 앞집이든 '사람'에게 물어보지 않으면 심장이 떨려 죽을 것만 같았다. 스케치북 크기 남짓한 현관에서 운동화에 발을 구겨 넣는데 바닥에 깔려있던 커터 칼날 밟히는 소리가 우적우적 들려왔다.

"거기 살던 사람이요? 잘 몰라요. 어디 방송국 다닌다고 했는데."

"좀 이상한 분은 아니셨어요?"

"글쎄요. 잘 모르겠는데요."

오후 4시 즈음의 마포 원룸촌은 일터로 떠난 사람들로 텅텅 비어있었고, 나는 서너 집의 문을 두드리고 나서야 겨우 '잘 모르겠다'는 한마디를 들을 수 있었다.

'에라, 나도 모르겠다!'

나는 현관 바닥에 잔뜩 깔린 커터 칼날을 우적우적 밟고 다시 집안으로 들어왔다. 이제 와 이사를 취소할 수도 없었다. 계약금을 날릴 수는 없었고, 당장 내일 짐을 빼야 하는 상황에 이렇게 싼 집은 다시 구할 수 없을 터였다. 운명이다. 그냥 이곳에서 살아야 하는 것이다. 본드로 한 땀 한 땀 붙인 커터 칼날 버티컬 사이로 오후의 해가 진하게 들어왔다. 젠장, 흉가인 데다가 서향이기까지 했구나. 어디 보자, 서슬 퍼런 칼날의 버티컬 외에 뭐가 또 있는지. 나는 PCR 검사를 앞둔 비장한 의료진처럼 고무장갑을 다시 야무지게 꼈다. 귀신이 바이러스도 아닌데 이게 통할지는 모르겠지만 적어도 칼에 베는 불상사는 막아주겠지. 첫 번째 고스트 출몰지는 바로 저 옷장이렸다! 심호흡 한 번에 냅다 붙박이장 문을 열고 물티슈로 문대는데 아니나 다를까 손에 무언가가 잡혔다. 물먹는 하마라도 놓고 갔나 싶어서 꺼내보니 오 마이 갓! 영화에서나 보던 성수병이다. 옷장에 웬 성수병이람? 서랍을 열기가 무서워졌다. 토막 난 시체까지는 아니겠지만 바늘이 잔뜩 꽂힌 저주인형이라도 들어있다면 당장 부동산으로 쫓아가 계약금 내놓으라고 난리를 칠 참이었다. 다행히 서랍은 비어있었다. 그리고 놀랍게도 상상했던 그 저주 인형은 서랍이 아닌 싱크대 상부장에서 튀어 나왔다. 밟고 올라갈 의자 하나 없어 까치발을 들고 더듬거리는데 손에 잡히는 감촉이 딱 그거였다. 드라마 장희빈에서 나오던 지푸라기로 만든 그 형태의 미니미 삼총사! 그쯤 되니 거짓말처럼 웃음이 툭 튀어나오더라. 나는 마치 고스트 헌터나 고스터 버스터즈쯤 된 것처럼 본격적으로 곳곳에 숨어있던 비방의 흔적들을 찾기 시작했다.

"이승의 짐 홀홀 벗고 고이 가소, 고운님아. 사바고해 고통일랑 지난날 맺힌 한 바람결에 흩날리고. 지장보살 영접 받아서방정토 왕생하며. 아미타불 친히 뵙고 부디 성불하고지고."

처음엔 무슨 소린가 싶었는데 징이며 꽹과리 소리가 섞이고서야 이것이야말로 엎친 데 덮친 격이며 설상가상에 관자놀이에 한 번 더 빵! 확인사살이라는 확신이 왔다. 서슬 퍼런 버티컬을 열어젖히자 코앞에 창문 하나가 들어왔다. 옆 건물과 바로 붙어있는 구조라 손만 내밀면 악수라도 할 수 있을 만큼 가까웠다. 그리고 곧 그곳이 바로 무당집이며 천도재가 진행 중인 현장이라는 걸 알아버렸다.

'나 이제부터 욕 좀 하겠다, 엉?'

나는 진실의 미간을 찌푸리며 비장하게 중얼중얼 쇼미더귀신 욕 배틀 방언을 시작했다. 세면대 밑 파이프엔 빨간 리본이 주렁주렁 매달려 있는데, 집 보러왔을 때 젖은 때수건쯤으로 잘못 본 내 눈깔이 문제요, 옵션이라는 침대 매트리스를 들어보는데 딱 베개 크기의 동판이 나온 건 발밑으로 줄줄 흐르는 수맥 하나 느끼지 못한 내 둔한 몸뚱이가 문제겠지요. 창가 코너에 흩어진 쌀 알갱이를 보고는 농촌도 아닌데 여기서 지랄이 풍년이네 한숨이 나왔고, 여기 성수 한 병 추가요! 신발장 구석에서 발견된 또 다른 성수병은 평소 각 이병이 국룰이라고 부르짖던 내 주당 생활에 대한 죄와 벌인가. 나의 쇼미더호러 욕 방언은 그 스산한 모든 비방을 쓰레기봉투에

쑤셔 넣고 침을 퉤 뱉는 것으로 끝이 났다. 이제 내 집은 귀신으로부터 무방비 상태가 되었고, 나는 내일부터 이곳에서 살아야 한다. 귀신과 같이 사는 것과 성수병과 저주인형을 끌어안고 사는 것 중에 선택해야 한다면 나는 기꺼이 귀신과의 동거를 선택하리라. 그렇게 말도 안 되는 입주 청소는 끝이 났고 나는 예정대로 이사를 했다.

"그래서 어떻게 됐는데, 엄마?"
"귀신이 진짜 나타났어?"
이제 초등학생이 된 아이들의 눈높이에 맞춰 '호러 수위 12세 시청가' 정도로 많이 낮춰 이야기해줬지만, 적어도 빨간 휴지 파란 휴지보다는 무서운지 쌍둥이 둘이 꼭 붙어 앉아 다음을 물었다.

"아니, 귀신은 못 봤어."
시시하게도 정말 그랬다. 모든 비방이 사라진 귀신의 집에 귀신이 나타나지 않았으니 이제 이 이야긴 접어야 하나. 옷장 속의 유령도, 침대 위의 엑소시스트 귀신도, 저주인형의 혼령도 본 적은 없지만 그 집에서 참 거지같은, 아니 귀신같은 일은 많이도 겪었다. 시골길도 아닌데 개에 물렸다. 살짝 열린 문틈 사이로 옆집 개 시추가 튀어나와 내 종아리를 뜯더라. 개가 너무 짖어 몇 번 벽을 콩콩 두드렸는데 좌표를 외운 개

새끼가 나를 물었다. 괴사가 되네 마네, 피부이식을 하네 마네 병원에서 들은 말은 끔찍한 워딩이었고, 싸가지 쌈 싸 먹은 개 주인 때문에 소송까지 해야 했는데 내 평생 법원에 가본 게 처음이었다. 가해자도 피해자도 모두 주눅 들게 만드는 이상한 공간. 자꾸 고개를 숙이는 청취율 때문에 안 그래도 위태롭던 프로그램이 아예 사라져버렸다. 프리랜서 방송작가로 일하던 나는 다른 방송국에서 일하던 작가 선배에게 취업을 부탁해야 했다. 사회생활 시작하고 나서 난생처음 백수가 되었고 그야말로 손가락뿐만 아니라 발가락까지 쪽쪽 빨았다. 숨만 쉬는데도 잔고가 자꾸만 줄어들어 ATM 앞에 서면 목덜미가 쭈뼛해졌다. 속상함에 홀짝홀짝 마셨던 소주를 밤새 고통스럽게 게워내다가 결국엔 피를 보고야 말았다. 실론티 홍차로 해장을 하고 잤는데 처음엔 불그스름한 위액이 홍차인 줄 알았다. 난생처음 응급실에 실려갔고, 밤새 비명을 지르고 고함을 치는 사람들 사이에서 끔찍한 밤을 보냈다. 교통사고로 의식을 잃고 실려 온 환자가 지린 오물 냄새는 죽음의 냄새가 저렇겠거니 싶었다. 이상하게도 모락모락 살이 올랐다. 너무 조용히 이유 없이 살이 쪄서 그것은 마치 성장 같았다. 얼마 지나지 않아 인생 최대의 몸무게를 찍었고, 이러다가는 빵 터져버리고 속에서 다시 피어오를 거 같아서 거울 속의 내가 그 어느 때보다 무서웠다. 그리고 그해 가을, 켜놓고 잠든 TV를 끄려고 리모컨을 찾다가 비행기가 빌딩에 돌진하는 장면에 거짓말처럼 잠이 깨어버렸다. 세월호 사건 이전까지는 나의 최고의 우울 버튼이었던 바로 그 사건, 911 테러였다.

"에이, 시시해."

꼭 붙어있던 쌍둥이는 그제야 팔짱을 풀고 자리에서 일어선다. 졸지에 시시껄렁한 엄마가 됐다. 그런데 말이다, 나는 귀신보다 그 시절이 더 호러다. 실제로 귀신이 나오는 집이었다면 훨씬 더 끔찍했을까. 아니다, 그럼 당장 줄행랑을 쳤을 거다. 귀신도 아닌 귀신같은 일을 껴안고 끙끙대며 사는 것이 백배는 더 피곤했다. 그 집에서 살면서 한두 번쯤은 이전 세입자의 철저한 비방을 떠올리긴 했지만, 그렇게도 꼬박꼬박 겪으면서 살았던 건 세상에 비방 따위는 없음을 느낌으로 알았겠지.

"그럼 그 귀신은 어디 갔을까?"

문제집을 펼쳐만 두고 아이들은 재잘재잘 말이 많다. 글쎄다. 귀신, 그런 건 애초부터 없었다고 말하고 싶진 않다. 전에 살던 세입자를 따라나섰나. 그치 트렁크에 러닝셔츠처럼 몸을 접어서 숨었나. 귀신이니 그럴 수 있잖아. 어쩌면 빤스처럼 쪼끄맣게 몸을 접거나, 양말처럼 똬리를 말아 따라갔을지도 모르겠다. 그래서 나는 귀신같은 일은 겪었을지언정 귀신, 그 그림자나 머리카락 한 올도 구경 못 하고 살았던 건 아닌지. 그럼 아직 그자 꽁무니를 쫓아 이집 저집 옮겨 다니며 넋을 풀고 있을까. 세상에 제일 부질없는 게 연예인 걱정이라던데 귀신 걱정까지 하고 있는 나란 사람은 대체 정체가 뭔가. 각설하고 이젠 남은 설거지를 끝내고 거기에 쌀을 씻어 안쳐야겠다. 그 전에 문제는 안 풀고 떠들고만 있는 아이들을 향해 '쓰읍!' 방울뱀 소리 한 번 날려주면서 '야! 빨리 풀어!' 진실의 미간 한 번 팍 접어주고 말이다. 여덟 살, 아직은 효과 만렙이지.

한 번 휙 둘러본 집안이 오늘따라 고요하다. 이제 해가 질 테니 커튼을 쳐야겠다. 나는 괜히 흠흠, 헛기침을 해본다.

작가의 말

김민정

"엄마! 코카서스 장수풍뎅이는 세계에서 제일 힘이 세고, 헤라클레스 장수풍뎅이는 세상에서 제일 크대."

초등학교 1학년짜리 사내아이는 요즘 본격적으로 곤충을 탐구한다. 곤충 이름을 외우는 것에 그치지 않고 특징까지 줄줄이 꿰며 내 앞에 자꾸만 징그러운 곤충 도감을 펼쳐놓는다. 나, 사실은 벌레 포비아인데.

"나는 포켓몬 중에서 식스테일이 제일 좋은데 얘가 진화하면 나인테일이 돼. 불꽃 타입이라서 얼음 타입이랑 싸우면 무조건 이겨!"

쌍둥이 여자아이는 포켓몬 박사가 되어간다. 더이상은 핑크공주를 찾지 않아 속 시원하지만, 문제는 포켓몬에 관한 택배들이 계속 도착한다는 것. 나, 진심 미니멀리스트가 로망이란 말이다.

그런데도 쓰읍, 방울뱀 소리를 낼 수 없는 이유, 지금 우리는 격리 중이기 때문이다. 코로나 확진자가 몇십만 명 나올 때도 잘 피했기에 그야말로 슈퍼 면역자인 줄 알았다. 아니, 워낙 외출이나 외식을 자제하기도 했지만 적지 않은 네 식구 모두 무사한 건 슈퍼까지는 아니어도 아주 스트

롱한 면역체계를 가진 패밀리이기 때문일 거라 생각했다. 그런데 아니었다. 우리는 그저 순번 대기가 늦었을 뿐이다. 아들, 나, 딸 순서로 줄을 섰고 출장 중인 남편만 현재 무사하다. 세 명이 순차적으로 확진되다 보니 격리 기간만 무려 2주다.

아직 휴대폰도 없고, 유튜브도 보지 않는 '자연인' 아이들을 데리고 격리 기간을 보내자니 몸이 고되다. 곤충은 무슨 곤충이야, 내 눈에는 그냥 징그러운 벌레일 뿐인데. 그래도 비위를 이기는 인내심을 보고 있자니 내가 아들을 엄청 사랑하긴 사랑하는구나 싶다. 문득 정신을 차려보니 능숙하게 포켓몬 카드 덱을 만들고 있는 나란 사람을 발견한다. 평생 캐릭터라고는 빨간 머리 앤 외에는 관심도 없었는데, 포켓몬 이름이 자꾸만 외워지는 걸 보니 내가 딸을 엄청 애정하긴 하나보다. 새삼 이 나이에 내가 탈피 중이고 진화 중이다.

사실은 나도 아프다. 아니, 내가 제일 심하게 아프다. 그런데도 좀처럼 쉴 수가 없다. 지금도 택배가 도착했단다. 나는 후다닥 뛰쳐나간다. 오늘은 《곤충과 작은 동물 스티커북》, 《아르세우스 노멀 타입 캐릭터》가 배송된다고 했다. 매일 우리 집에 출근하다시피 하는 번개 배송 아저씨에게 미안하지만 격리 중이니 어쩔 수가 없다. 택배 상자를 정리하고 나니 좀 어지러운데 애들이 번갈아가며 엄마를 부른다. 기침 몇 번에 다리가 풀린다. 짚어본 이마는 아직도 뜨끈하다. 아, 아직도 닷새나 더 남아있는데 그동안 나는 더 탈피하고 진화해야만 하겠지. 이러다가 결국엔 하늘하늘 변신 짱 초능력 요정이 되는 건 아닐까 몰라.

"엄마! 엄마? 엄마아!"
"엄마, 여기로 와봐! 빨리!"

그새 열이 다시 오른다. 아, 이젠 나도 몰라.
정말 하늘하늘 변신 짱 초능력 요정이 되기 전에 잠깐, 아주 잠깐만 누워야겠다.

#이영미

암사시영아파트

나를 찾다가 신을 만났다. 신이 나를 사랑했다. 내가 누구인지 궁금해졌다. 도대체 나는 누구인가. 이 물음의 답을 이번 〈암사시영아파트〉를 쓰며 아주 조금 찾았다. 신이 글을 선택한 건지, 내가 글을 선택한 건지 모르겠다. 공대 아름이가 될 거라 생각했던 이과 출신 여고생이 연세대 국문과와 중앙대 대학원 문예창작학과를 다니며 글 언저리를 서성였다. 오늘 우연한 기회에 내 글이 첫발을 내디딘다. 내가 누구인지 물음이 있는 사람들에게 나의 글이 조금의 길이 되길 바라며 계속 써보려고 한다. 그런데 예나 지금이나 나는 진지한데, 내 글은 참 가볍다. 다시 생각해본다. 길이 안되면 재미라도 있길!

암사시영아파트

집 앞 골목에 이삿짐 차 한 대가 서 있다. 따뜻한 햇살이 이삿짐을 가득 실은 트럭으로 쏟아졌다. 눈이 부셨지만 어제와 똑같은 날이었다. 달라진 건 이삿짐을 실은 트럭 때문에 차들이 우리 집 앞에 섰다 가기를 반복한다는 것뿐이었다.

"영미야. 타자!"

아빠와 오빠는 안 보이고, 엄마를 따라 이삿짐 트럭 앞좌석에 올라탔다.

"엄마, 퐁퐁이를 안 실었어요. 아저씨들이 퐁퐁이를 저기 그냥 뒀어요."

철제프레임에 네 개의 스프링으로 고정된 빛바랜 연두색

초록 말이 나를 애타게 쳐다보았다.

"엄마!"

"우리가 가는 곳은 아파트여서 퐁퐁이랑은 못 살아."

"왜요? 왜 퐁퐁이는 안 돼요? 그럼 나 이사 안 갈래."

"아저씨, 이제 가시죠."

"아아앙, 나 안 갈래. 안 가. 내 퐁퐁이. 아아앙, 내 퐁퐁이."

한참을 울다 잠들었다. 이삿짐 트럭이 도착한 곳은 이모네 집과 비슷한 아파트였다. 커다란 회색 상자 여러 개를 위로 쌓아올려 놓은 기괴한 곳. 그런 기괴한 것들이 한두 개도 아니고 여럿이었다. '19'라고 쓰여있는 5층짜리 건물 속으로 엄마와 들어갔다. 그리고 수도 없는 계단을 오르고 또 올라 꼭대기에 다다랐다.

"여기가 이제 우리 집이야."

퐁퐁이는 없었지만 새집에는 친구들이 많았다. 앞집에 동갑내기 친구가 있고 옆집에는 언니들이 있고 앞옆집에는 동생들이 살고 있었다. 새 친구들 때문에 빛바랜 초록 말, 퐁퐁이는 그렇게 내 기억 속에서 사라졌다.

이모가 사는 잠실시영아파트로의 이사를 꿈꿨던 엄마는 세들어 사는 집 애라서 안 논다는 옆집 아이 말에 꿈을 접었다. 돈을 차곡차곡 모아 꿈의 집으로의 입성하리라던 엄마는 지금까지 모인 돈에 맞는 서울 끝자락 변두리 암사동 시영아파트를 엄마의 첫 집으로 선택했다. 아파트단지 안에는 아이들이 정말 많았다. 언제고 나가면 놀 친구들이 바글바글했다. 이곳 친구들은 주인아줌마가 있는지 없는지 묻지 않았다. 아니, 주인아줌마라는 단어 자체를 모르는 거 같았다. 역시 엄마의 선택은 항상 탁월하다! 그런데 이왕 탁월할 바에 1층이었으면 더 탁월했을 텐데. 집 밖으로 나가려면 수많은 계단을 오르락내리락해야 했다.

#오르락 하나

"안녕하세요!"

"오, 그래. 영미구나. 넌 참 인사를 잘해. 인사 잘하는 어린이가 최고지. 우리 영미 인사도 잘하고. 아저씨가 기분이 참 좋다."

메리야스와 팬티만 입고 엄마 몰래 100원을 쥐고 나왔는데, 이놈의 인사성! 나도 모르게 옆집 아저씨를 보고 꾸벅 인사했다. 양복을 입은 옆집 아저씨는 퇴근길에 마트에 들러 옆집 언니들 과자를 사려고 했나 보다. 얼굴은 벌겋고 술 냄새도 났지만 기분이 좋아 보였다. 언니들 과자를 한아름 계산하던 아저씨는 계산대 옆 진열대에 있던 아몬드초콜릿을 나에게 상이라며 내밀었다. 이후 나는 501호, 502호, 503호, 504호 아줌마 아저씨들 사이에서 '인사하면 이영미'라는 칭찬을 자주 들었다.

"안녕하세요!"

아파트단지 안에서 만나는 어른들에게 큰 목소리로 인사했다. 인사하면 이영미지. 암, 그렇고말고.

그래서일까. 마흔넷에도 마주치는 동네 사람들에게 인사를 잘한다. 세월이 한참 지났는데 아직도 마트 진열대에 놓인 아몬드초콜릿만 보면 칭찬받는 기분이 든다.

"엄마! 엄마는 왜 아몬드초콜릿을 좋아해요?"

"그냥. 이거만 보면 기분이 좋아. 상 받는 기분이 들어."

#오르락 둘

"엄마 어디가요?"

"장롱이랑 식탁 보러 가구점에 갈 거야."

꿈의 집으로의 입성은 아니지만 자기 집이 생긴 엄마는 몇 달 차곡차곡 돈을 또 모았다. 이 집, 저 집을 옮겨 다니며 세 들어 살던 엄마의 꿈에는 큰 가구도 있었나보다. 501호에서 이룰 수 있는 것들이 완벽한 꿈의 하모니는 아니었겠지만, 엄마에게는 장롱과 식탁이 필요한 순간이었으리라.

안방 가득 장롱이 들어찼다. 엄마아빠 방인지 장롱방인지 알 수 없게 되어버렸는데 엄마는 뭐가 좋은지 매일 싱글벙글이었다. 닦고 또 닦고 하루가 다르게 장롱은 반질반질 더 예뻐졌다. 뭐 장롱뿐이겠는가. 식탁은 행여 흠집이라도 날까 커다란 유리를 뒤집어썼다. 유리도 닦을수록 윤이 난다는 사실을 이때 알았다. 윤이 더해가면 더해갈수록 유리 아래로 행복해 보이는 우리 가족 사진이 한 장, 두 장 늘어갔다. 그리고 커다란 물건도 늘어갔다. 엄마 꿈에 피아노가 있었을까? 모르겠다. 엄마 꿈이었는지, 내 꿈이었는지. 아홉 살, 학교를 다녀왔더니 집에 커다란 피아노가 놓여 있었다.

"이제 집에서도 피아노 칠 수 있어. 피아니스트 꿈에 한 발 더 다가간 거야. 어때 좋지? 네가 말이 늦었는데 말을 떼자마자 피아노 치고 싶다고 했잖아. 엄마는 네가 피아노 천재가 아닐까 생각했다. 이제 우리 영미, 집에서도 마음껏 연습하자. 엄마가 진짜 큰맘 먹고 산 거야."

세상에. 구두쇠 엄마가 피아노를 사다니! 나를 이만큼이나 사랑한다고?

피아노는 내가 결혼하기 전까지 나를 따라 이사를 다닐 때마다 비싼값을 주고 이 집, 저 집으로 옮겨다녔다. 나는 손목에 혹이 생겨 더 이상 피아노를 못 치게 되었지만, 엄마는 피아노를 팔지 못했다. 그리고 여전히 피아노는 친정집에 있다.

#오르락 셋

"손에 손잡고, 벽을 넘어서, 우리 사는 세상 더욱 살기 좋도록……"

한강 옆에 있던 아파트는 88서울올림픽 개최가 확정되고 난 다음 더 살기 좋아졌다. 한강 개발이 확정되면서 둔치가 조성되었다. 아파트단지 옆으로 한강 둔치로 갈 수 있는 길이 생겼고, 한강을 따라 공원이 조성되어 자전거를 마음 놓고 탈 수 있었다. 아무도 두발자전거를 탈 수 있게 잡아주지 않았지만, 난 한강 둔치에서 오빠처럼 자전거를 쌩쌩 타고 싶었다.

"어어어어!"

쾅 소리가 나며 아파트 외벽에 자전거가 부딪히며 나동그라졌다.

"에이, 피나잖아."

1층에 자전거를 두고 5층까지 절뚝거리며 올라와 무릎에 반창고를 덕지덕지 붙였다. '내 사전엔 포기란 없다. 두고 봐. 나도 한강 둔치에서 탈 거야.'

온 무릎이 반창고로 다 덮일 때쯤 나는 혼자 두발자전거를 탈 수 있게 되었다. 그리고 보란 듯이 자전거를 끌고 한강 둔치에서 쌩쌩 달렸다. 한강 둔치는 이제 내 자전거 발아래 놓였다. 만세! 대한민국 만세! 올림픽 만세! 이영미 만세! 이때

배운 자전거는 중학교 소풍 때 여의도광장에서 빛이 났다. 두 발자전거를 못 타는 친구를 태우고 여의도광장을 누비며 나는 세상을 다 가진 기분이었다.

2022년 가파도 여행 때 다시 한번 세상을 다 가졌다. 사남매와 자전거를 타고 가파도를 돌고 또 돌면서 두발자전거를 언제부터 잘 타게 되었는지 이야기해 주었다.

"엄마는 자전거도 참 잘 타요!"

#내리락 하나

집에 주인아줌마가 같이 살지 않는 이 아파트단지에는 암사유아원이 있었다. 아파트 단지 안 유아원은 여섯 살 내가 충분히 혼자 다닐 만했다. 아침에 유아원 모자를 쓰고 유아원 가방을 둘러메고 엄마에게 인사를 했다. 5층 집을 나와 계단을 내려가고 또 내려가는 그 머나먼 길을 지나기만 하면 암사유아원은 바로 앞에 있었다.

"유아원 가는구나."

"네! 안녕하세요."

"꼬마야, 혼자 가니? 어머, 너 대단하다."

아! 기분나빠. 나 다 컸는데, 내가 어딜 봐서 꼬마야. 아, 기분 너무 나쁘네. 더 이상 대답하지 않고 빠른 걸음으로 유아원을 향해 걸어갔다.

'키가 남들보다 유난히 작아서 안 그래도 엄마가 목욕탕 갈 때면 다섯 살이라고 해서 기분 안 좋은데 저 아줌마 아침부터 나한테 왜 저래. 아! 우유 더 먹어야겠다.'

어느 순간 서울은 저층보다 고층아파트를 더 많이 짓기 시작했다. 아파트도 키가 커지는데 나는 왜 좀처럼 크지 않는 건지. 꼬꼬마, 땅꼬마, 껌딱지라는 별명이 내내 따라다녔다.

평균 키만큼 컸지만 아직도 키 큰 사람을 보면 주눅이 든다. 14층, 20층. 아무리 높은 곳에 살아봤어도 나는 여전히 길바닥 껌딱지만 보면 짠하다.

#내리락 둘

"볼거리는 법정 감염병이라 등교가 중지됩니다. 안타깝지만 내일 소풍날도 학교에 오면 안 돼요."

초등학교 2학년. 나는 소풍 전날 옆집 언니에게 볼거리가 옮았다. 결국 등교 중지 통보를 받았다. 5층 우리 집 창문에서 한강 둔치로 소풍을 가는 친구들을 보면서 울고 또 울었다. 나도 집 밖으로 나가 친구들과 소풍 가고 싶은데, 우리 집에 갇혔다.

2020년 코로나로 집에 갇히며 베란다 창밖 세상을 보면서 소풍 가던 친구들이 생각났다. 그 친구들은 창문가에 서서 손을 흔들던 나를 보았을까? 그들도 지금 창문가에 서 있을까?

제길. 이놈의 전염병이 온 세상을 한꺼번에 먹어버릴 줄이야.

#내리락 셋

"너 19동 살지? 너네 집 안엔 화장실 없잖아."

초등학교를 들어가서야 알았다. 우리 아파트에 주인아줌마가 같이 살지는 않지만, 화장실이 집 안에 있는 집과 화장실이 각층 복도에 있는 집들이 있다는 사실을! 내가 살던 19동은 한 층에 네 집이 두 집씩 마주보고 있고, 복도 옆에 두 집에 한 개씩 화장실이 있었다. 내가 다닌 몇몇 동은 다 같은 구조여서 다 똑같은 집인 줄 알았는데, 우리 이모가 사는 잠실시영아파트처럼 집안에 화장실이 있는 집이 있다니 놀라운 일이었다. 엄마에게 물어보니 우리 아파트는 9평과 13평 집이 있다고 했다. 띠로리! 다 같은 집이 아니었다니!

너네집 안에는 화장실이 없다는 그 친구는 끊임없이 놀자며 졸랐고, 같이 놀기 시작하면 나를 시녀처럼 부렸다. 시녀 노릇이 싫어서 그만 놀려고 하면 어떻게 해서든 집에 못 가게 막았다.

"엄마. 최경희가 싫어요."

"안 놀면 되잖아. 왜 같이 놀면서 그래?"

같은 반이었던 최경희는 학교에서는 나를 따돌리고 아파트단지 안에만 들어오면 달콤한 말로 나를 꾀었다. 자꾸 반복

되자 나는 점차 무기력해졌다.

"엄마. 최경희가."

"최경희가 왜?"

"아니에요. 엄마 우리도 화장실 있는 집으로 이사가면 안 돼요?"

"갑자기 이사는 왜?"

"아니에요."

엄마가 꿈꾸던 집이 아닌 이곳으로 이사오던 그날이 생각났다. 엄마는 화장실이 있는 잠실시영아파트를 꿈꿨다. 암사시영아파트가 완벽한 꿈은 아니지만, 엄마는 꿈을 이뤄서 더 이상 꿈꾸지 않는 걸까. 최경희가 너무 싫었다.

"넌 학교 갔다 집에 오는 길에 급해도 집까지 가야 하지만, 난 우리 동에만 오면 1층이든 2층이든 화장실에 갈 수 있어!"

최경희가 듣지 못하는 우리 집 내 방에서 고래고래 소리질렀다. 같은 반 앞집 경화는 들었다. 내 친구 경화는 들었다.

지금 최경희는 어디에 사는지 모른다. 하지만 경화는 사춘기 아들을 키우고 있다.

다섯 살에서 열 살이 되도록 5층을 오르락내리락하면서 내 인생도 오르락내리락 했다. 엄마는 다시 꿈을 꿨다. 열 살이 다 지나가던 겨울, 우리는 새로운 우리집으로 이사를 했다. 서울 동쪽 변두리 동네에서 이번에는 서울 가장 북쪽 변두리 동네 고층아파트였다. 머나먼 길이었던 계단을 오르락내리락하지 않고 버튼만 누르면 가고 싶은 층에 서준다는 엘리베이터가 있는 아파트였다.

하지만 나는 매일 501호 집을 드나들 때마다 머나먼 길을 걷는 게 이제 익숙해졌다. 집안에 화장실이 있다는 말에 솔깃했지만, 최경희도 지나간 일이었다. 난 501호를 떠나고 싶지 않았다. 내 수 많은 퐁퐁이가 501호 주변, 19동, 암사시영아파트 단지, 그 주변에 너무 많았다. 분명 엄마는 이번에도 내 퐁퐁이와 같이 살 수 없다고 할 게 빤하다. 나는 이사가 싫다.

#오르락내리락을 대신 해드립니다. 나는 당신의 엘리베이터!

엄마가 꾸는 꿈속에 사는 나는 어쩔 수 없이 내 퐁퐁이를 다 두고 새로운 곳으로 이사를 왔다. 다행인 건 아몬드초콜릿 옆집 아저씨네가 한 달전 우리 단지로 이사를 먼저 왔고, 엄마의 퐁퐁이인 장롱과 식탁 그리고 피아노가 따라왔다는 점이다. 그리고 더 이상 꼬마가 아니고, 볼거리는 한번 앓았기에 다시 앓지 않을 것이고, 최경희는 이곳에 없었다.

오르락내리락을 대신해서 그런 걸까. 퐁퐁이들이 너무 그리워 슬펐다. 나만 슬픈 줄 알았더니, 엄마의 퐁퐁이도 이곳으로 다 온 게 아니었다. 시간이 날 때면 엄마와 나는 버스와 지하철을 번갈아 타고 암사시영아파트에 갔다.

503호 앞집 경화는 화장실이 집안에 없던 19동에서 화장실이 집 안에 있는, 최경희가 살던 11동으로 이사를 했고, 4층 아줌마는 14동으로, 3층 아줌마는 9동으로, 2층 아줌마는 옆 라인 3층으로 이사를 갔다. 19동 5층에는 내가 아는 사람이 아무도 없었다. 그래도 엄마와 암사시영아파트를 갈 때면 나는 혼자 19동 5층을 올라가 보곤 했다. 집 안으로 들어갈 순 없지만, 다행히 우리 집 화장실이었던 5층 왼쪽 화장실에는 들어가 볼 수 있어서 좋았다.

한밤중 오줌이 마려우면 신발을 신고 현관문을 나와 화장실에 와서 볼일을 보았다. 아무리 캄캄한 밤이어도 무섭지 않았다. 5층으로 낯선 사람이 올라오는 일은 거의 없었다. 복도가 춥지 않은 봄, 여름, 가을 동안 5층 복도 가득 돗자리를 깔고, 네 집이 문을 열어놨다. 우리는 신발을 신지 않고, 이 집 저 집을 왔다갔다하며 모두가 5층 주인집 아들딸로 같이 컸다. 5층. 그 복도에 서 있는 순간, 나는 내가 되었다.

1994년. 암사시영아파트 19동 501호, 나는 살 수 있었지만, 퐁퐁이는 살 수 없던 우리 집. 그 집이 사라졌다.

'이제 나는 나를 어디서 찾지?'

'나는 어디서 내가 될 수 있을까?'

'이런 게 외로움일까?'

재건축! 재건축이라니. 세상에는 온통 최경희가 득실거렸나 보다. 집 안에 화장실이 없어서 도저히 그냥 둘 수 없었나? 내게는 앞집 경화가 있었는데. 뭐야. 어른들은 최경희가 좋았던 건가.

결혼을 하고 서울 외곽 위성도시에 사는데, 수많은 최경희가 서울에도, 이곳 위성도시에도 바글거린다. 지금 사는 우리 집은 층간소음에 대비해서 지어진 아파트가 아니기에 조만간에 최경희들에 의해 사라질 것이다. 그런데 사라진다고 다 사라지는 것일까.

나의 살던 고향은 꽃 피는 산골

복숭아 꽃 살구 꽃 아기 진달래

울긋불긋 꽃 대궐 차린 동네

그 속에서 놀던 때가 그립습니다

그 속에서 놀던 때가 그립다는 것처럼, 나는 암사시영아파트를 기억하고 추억하고 있다.

나의 살던 고향은 암사시영아파트

공중전화 부스, 전봇대, 단지안 유아원

칙칙회색 아파트 세운 동네

그 속에서 놀던 때가 그립습니다.

　장소가 지금 이 세상에 존재하지는 않지만, 내 유년도 지금 이 시간에 존재하지는 않지만, 분명 내 기억 속, 그 시간 그 장소가 내 유년으로 남아있다. 우리 집이었던 암사시영아파트 19동 501호가 또렷이 남아있다. 우리 엄마 기억 속에, 우리 아빠 기억 속에, 우리 오빠 기억 속에, 내 친구 경화가, 엄마 친구 아줌마들이 암사시영아파트를 기억하고 있다. 그들과 함께 나는 우리 집을 기억한다.

　기록이 기억을 지배한다는 말에 꽂혀 삶의 순간을 기록했었다. 하지만 기록하지 않아도 남아있는 우리 집 암사시영아파트 19동 501호. 이곳을 이제 여러분과 함께 기억한다. 그걸로 충분하다. 2022년 나는 남편과 사남매와 함께 우리 집에서 오늘을 산다. 내일에 이 집을 기억하면서.

작가의 말

이영미

몇 년 사이 집값이 엄청 올랐다. 뉴스에는 온통 집값에 관한 이야기로 도배되었고, 정부는 집값을 잡겠다고 부동산정책을 계속 바꿨다. 분명 하우스푸어가 사회문제로 대두되어 자살하는 사람이 늘어 난리가 났던 게 엊그제 같은데, 이번에는 집값이 벼락같이 올라 벼락거지들이 생겼다고 난리다. 이 난리통에 친한 언니는 벼락거지가 되었다며 몇 개월을 우울해했다. 언니의 우울함이 내 일이었을 수도 있다는 생각이 자꾸 들었다. 도대체 집이 뭐길래 이런 걸까.

난 하우스푸어도 아니고, 벼락거지도 아니다. 그런데 집에 살고 있으면서 왜 자꾸 내 집을 찾는 걸까. 왜 항상 내 집이 어디인지 헤매는 것일까.

집 앞 마트 건물이 사라졌다. 먼지가 날릴까 봐 연신 물을 뿌려대며 거대한 굴삭기가 건물을 쪼아 부쉈다. 그 앞을 떠나지 못하고 한참을 서 있었다. '왜 내가 물벼락을 맞고 내 뼈가 쑤시는 거 같지?' 철거하는 곳만 보면 왜 이리 슬픈지 모르겠다.

다 집 때문이었다. 한참 내가 누구인지 궁금했던 사춘기 시절, 내 유년의 전부였던 암사시영아파트와 외갓집이 모두 사라졌다. 암사시영아파트는 재건축으로, 외갓집은 서해안고속도로로 바뀌었다. 내게 외갓집은 큰 의미가 있던 곳이다. 내가 태어난 곳이자 내가 태어나 가장 사랑했던 외할머니와 추억이 있던 곳이다.

사라졌잖아. 나도 언젠가 사라질 게 분명해서 이러는 거야. 그래, 지금은 없지만, 분명히 있었지만 지나가서 볼 수 없는 과거의 나에 관해 말하고 싶다.

집에 관해 말하려다 보니 한 번도 글로 쓰지 않았던 우리 집 암사시영아파트가 생각났다. 그래서 〈암사시영아파트〉를 써내려갔다. 이 글을 읽고 내가 그리고 내 글을 읽는 당신이 우리 집을 기억하면 그것으로 된 것이 아닐까. 나의 허한 마음도 기록으로 남겨지는 암사시영아파트로 인해 채워질 것이다. 하지만 허한 마음이 조금 채워져도 아직도 나는 내가 누구인지 모르겠다. 그래서 내가 살아온 시간을 돌아보고, 내가 살아갈 시간 속의 나를 찾아 헤매나 보다. 그 찾는 시간 속에 또렷이 남아있는 우리 집 암사시영아파트. 나는 우연한 기회에 나를 찾기 위해 우리 집으로 향했다. 그래서 행복했다. 이 글을 읽는 사람마다 자기의 암사시영아파트가 생각났으면 좋겠다.

작가로 첫발을 내딛는 이 순간을 생각만 해도 슬픈 암사시영아파트가 하다니! 슬픔이 환희로 바뀌는 순간이 이런 걸까. 내가 보이고, 네가 보이고, 우리가 보였다. 〈암사시영아파트〉 이후 여러 우리 집이 나를 기다리고 있다. 조만간에 또 다른 이야기로 인사하겠다. 나의 시작을, 당신이 지금 보고 있어서 고맙다.

덧붙임.

당신이 많아요. 이매문고 대표님, 김서령 작가님, 같이 글 쓴 작가들, 그리고 내 가족 곰쇠씨와 사남매 곰콩, 곰꾸, 곰붕, 마붕, 엄마, 아빠, 오빠 고맙습니다.

#장정미

이주의 계기

10년째 제주견 애월이와 함께 동고동락 중인 개엄마. 1차원과 4차원을 오락가락한다는 친구들의 평가를 좋아한다. 여행을 좋아하고, 낯선 곳에 가면 동네 책방과 마음에 드는 LP바를 찾는다. 2012년 제주 이주 결심은 내 삶의 '신의 한수'였고, 8년의 제주살이와 이후 보성, 강릉살이를 통해 거주지와 상관없이 나다운 것에 집중하며 사는 사람으로 거듭 진화하고 있다. 좋아하는 일을 몸으로 부딪쳐 찾아내는 걸 좋아한다. 제주 이주민을 거쳐 현재는 화가, 예술치료 전공 늦깎이 대학생이기도 하다. 좋아하는 일,하고 싶은 일을 찾아가는 과정은 아직도 진행 중이다.

이주의 계기

#1

"저녁에 한잔하자!"

"그러든가."

"어디야?"

"제주도."

"뭐? 제주도?"

모처럼 휴가, 베프 병섭이와 찐하게 한잔할 요량으로 전화를 걸었다. 병섭이는 나와 밀레니엄을 함께 맞이하고 2002년 월드컵 때 "오! 필승 코리아"를 함께 외치던, 밥 잘 사고 술 잘 사 주는 12년지기 친구 녀석이다. 잘 다니던 직장을 그만두고 갑자기 필리핀으로 가이드를 하겠다고 사라졌다가 3년만에 돌아와 로케이션 매니저 일을 하고 있다. 이번에는 제주도 일정인 모양이었다. 동에 번쩍 서에 번쩍. 엉뚱한 놈.

"제주도는 비행기 타고 가야 하잖아."

비행기 타고 한 시간이면 오는데 뭐. 너 비행기 안 탄지 오래됐지? 요즘 저가항공 타면 돈도 얼마 안 들어. 시간 많다며! 넘어와! 오면 술은 내가 산다! 너 회 안 먹으니까 바다 보면서 해물탕에 소주 한잔! 캬, 요즘 제주도 올레길 생기고 분위기 꽤 좋아. 요즘 게스트하우스가 인기인데 넌 그런 것도 모르지? 나 지금 자는 숙소에서 창문 열면 바로 바다 보여. 뷰가 끝내줘! 나 일하러 온 거라 바쁘니까 올 거면 표 끊고 연락해! 공항으로 픽업 갈게.

#2

제주도? 바다? 내가 제일 좋아하는 해물탕. 좋지. 음. 1시간 반 지하철 타고. 공항 도착해서 탑승수속하고. 대기하고…… 아, 너무 멀다…… 술 한 잔 마시겠다고 비행기를 타라고? 그래도 공항까지 데리러 온다잖아. 아니야. 내가 아무리 친구를 좋아하고 술에 환장해도 이런 미친 짓까지는 안 하지.

냉장고를 열어보니 엊그제 먹다 남긴 맥주캔이 두 개 보인다. 시계를 보니 벌써 4시. TV를 켜고 맥주 한 캔을 꺼내 한 모금 마시고는 핸드폰을 만지작만지작. 미영이는 뭐 하지? 희주는 결혼하더니 통 소식이 없네. 지숙이한테 밥 먹자고 해야겠다.

#3

"안 그래도 연락하려고 했는데, 나 기수씨랑 날짜 잡았어. 이런 거 저런 거 상의하려니 마음이 바빠. 근데 나 이 결정 잘 하는거 맞지?"

"당분간 나 찾지마. 흑흑. 어제 광주에서 시어머니 오셨어. 며칠 계실 건가 봐."

"오늘 애 아빠 회식이라 내가 아이들 봐야 해. 잘됐다. 너, 우리 집으로 와라."

#4

김포-제주항공권. 19,900원. 7시40분.
서두르면 탈 수있다.

#5

7시 40분 비행기 탑승. 문자 전송 완료. 평일 저녁이라 그런지 한산하네. 모형 비행기도 아니고 이렇게 아담해서 안전하려나. 덜컹덜컹. 웅웅. 윙윙. 웬 엔진소리가 이리 크담. 기분 탓인가. 그나저나 늦게까지 하는 해물탕집이 있으려나. 흑돼지 오겹살도 괜찮은데…….

#6

도착. 비행기 모드 해제. 부재중 전화. 손병섭 2건. 어? 발신 버튼 꾸욱.

"뚜르르 띠. 고객님이 전화를 받을 수 없습니다."

8시 10분, 문자메시지.

"야, 진짜 미안한데, 나 서울에 급한 일 생겨서 지금 비행기 탄다. 도착하면 전화할게. 일단 택시 타고 금능게스트하우스로 가 있어. 사장님한테 얘기해놨어. 주소는 한림읍 금능리."

이 상황 뭐지? 다시 집으로 갈까? 돌아가는 비행기는 있나? 어이없는 웃음을 한번 뱉고 안내데스크로 향했다.

"한림 쪽으로 가려고 하는데 택시 타려면 몇 번 게이트로 나가야 하나요?"

추적추적 내리는 비, 습한 바람 냄새. 습기에 약한 나의 반곱슬 머리카락은 부스스부스스. 나름 꾸몄던 옷매무새도 엉망이 되어버렸다. 여행 왔냐고 묻는 택시기사님에게 고객 응대 미소로 화답했다가 목적지에 도착할 때까지 원치 않는 관광 정보를 듣게 되어버린 것 역시 계획에는 없던 일이다.

#7

"아, 오셨네요. 병섭이 형한테 얘기 들었어요."

스태프라고 소개한 청년은 내가 묵을 방의 호수와 공용화장실, 휴게실 등을 친절하게 안내해 주었다. 내가 묵을 숙소는 3층이었다.

"네, 감사합니다."

도착하면 전화한다던 친구는 소식이 없다.

병섭이, 이 나쁜 새끼.

#8

일단 따뜻한 물로 샤워를 하고, 큰방에 놓인 이층침대 두 개를 바라보았다. 낯선 침대에 혼자 누워있으려니 도저히 잠이 오지 않았다. 편의점에 다녀올 요량으로 1층으로 내려가 입구로 나가려는데 스태프가 나를 불러세웠다.

"비도 오는데 이 시간에 어디 나가시게요?"

"맥주라도 한 캔 사 오려고요. 여기 가까운 편의점이 어디예요?"

"근처에 편의점은 없고요. 모퉁이에 가게가 하나 있는데 문 닫았을 거예요. 한잔하고 싶으면 휴게실로 오세요. 마시는 팀이 있으니 같이 어울려 드시면 돼요"

친절한 스태프 청년의 안내에 따라 휴게실로 향했다.

휴게실에는 네 명의 남자가 술을 마시고 있었다.

테이블에는 치킨과 마른안주가 널브러져 있고 모두 취기가 올라 있었다.

"안녕하세요!"

"반갑습니다!"

의례적인 인사를 나누고는 한쪽 구석에 자리를 잡고 앉았다.

"한라산 소주 드셔보셨어요?"

"아니요."

"한번 드셔보세요. 도수가 조금 세긴 한데 깔끔해요."

제일 연장자로 보이는 남자가 따라주는 소주를 한 잔 받아 쭈욱 들이켰다. 진한 알콜 냄새가 코끝에 확 느껴졌다. 몸에 순간적인 온기가 돌았다.

"여기 사장님이세요?"

"아니요. 사장님은 일이 있어서 출타 중이시고요. 이렇게 둘은 일행이고, 저랑 이 친구랑 다 여기 와서 만났어요."

스태프의 제안으로 우리는 간단하게 소개를 하고, 조금은 호기심 섞인 서먹함 속에서 그렇게 술잔을 기울였다.

"오늘 비도 오고 월요일이라 여기 계신 분들이 게스트 전부예요! 원래 파티는 11시에 마치는데요. 장박하시는 분도 있고 늦게 도착한 게스트도 있으니까 너무 무리해서 마시진 말고 천천히 얘기 나누세요"

스태프는 주말의 과음으로 피곤하다며 주의사항을 일러주고 쉬러 들어갔다. 우리는 스태프가 들어간 후 어색함을 안주 삼아 술을 들이켜기 시작했다.

"아까 소개를 듣기는 했는데, 곧 입대하는 거예요?"

"내일모레 입대라서 내일 서울집에 들렀다가 가려고요."

"아, 그러시구나. 입대하기 전에 혼자 제주도 여행 오신 거구나. 생각이 많겠어요."

"네. 사실 군 입대 때문에 여자친구랑 헤어졌거든요."

영혼 없는 질문을 후회하며 "한잔합시다, 건배건배!"를 외쳤다.

"두 분은 친구분이신가 봐요."

이번에는 일행에게 말을 건네보았다.

"아, 나이는 제가 이 형님보다 두 살 어린데 같은 직장에서 함께 10년 넘게 근무하다 보니 많이 친해져서 둘이 여행까지 오게 됐네요."

"보기 좋네요. 평일인데 휴가인가 봐요?"

얘기를 들어보니 이 일행은 회사 도산으로 인한 임금 체불 문제로 골머리를 썩고 있다고 했다. 술이 들어가자 푸념이 술술 나오기 시작했다. 설상가상, 제일 연장자 형님은 상처한 후 마음이 잡히지 않아 한 달전부터 제주를 방황하고 있단다. 아, 나도 뭔가 사연을 만들어야 하나. 도란도란, 헛헛한 얘기들을 나누다 보니 밤12시가 훌쩍 넘어갔다.

옥색 바다가 보이는 테라스에서 하하호호 술 마시는 모습을 상상하고 온 제주였다. 홍일점이라면 홍일점으로 낯선 남자 네 명과 술을 마시는데 낯설지도 흥이 나지도 않았다.

밤이라 바다는커녕 창밖은 깜깜했고, 굵어진 빗줄기 때문에 밖에서 나는 소리가 빗소리인지 바람 소리인지 파도 소리인지 구분할 길이 없었다. 취기가 오를 대로 올랐고 누군가 음악을 틀었다.

#9

누가 먼저 울기 시작했는지 알 길이 없었다.

#10

"아침 해가 떴습니다. 자리에서 일어나서……"

핸드폰이 울린다. 알람인가 했는데 전화벨이다.

"여보세요."

병섭이었다.

"야! 괜찮냐? 어제 다들다들 어마어마했다던데 하하하! 다 큰 어른들이 왜 대성통곡들을 하고 그래? 사장 형이 일 보고 귀가했다가 깜짝 놀랐다고 하더라. 일단 나 지금 제주공항 도착해서 그쪽으로 가고 있으니까 만나서 얘기해."

어제 어떻게 된 거지? 무슨 노래를 틀었었는데. 눈은 또 왜 이래? 왜 이렇게 부었어? 내가 처음 본 사람들과 부둥켜안고 대성통곡이라니. 내가 그럴리가! 난 술주정 따위 없는 사람이라고. 아, 설마 전남친한테 전화하거나 한 건 아니겠지.

전화기를 집어들고 통화내역을 훑어본다. 했네, 했어. 이 부재중전화들은 뭐야. 이 낯선 번호들은 뭐지. 간밤에 무슨 일이 일어난 거지. 아, 술 취한 밤이여.

기묘한 밤이었다. 거울에 비친 퉁퉁 부은 눈을 다시 보니 어이없는 웃음이 나왔다. 술에는 웬만큼 자신 있는 나였는데, 그런데 희한한 건 기억은 날아갔는데 숙취가 없다는 것이었다. 배고픔이 느껴지는 것 말곤 머리도 평소보다 맑았다.

제주 소주는 클라스가 다르구나. 공기가 좋아 숙취가 없나? 그나저나 비는 그친 건가? 어제의 울보들은 일어났을까? 다 같이 해장하자고 해볼까?

커튼을 젖히고 창문을 여니, 간밤의 비바람은 흔적도 없고, 가을의 선선한 바람과 함께 바다가 눈앞에 펼쳐졌다. 병섭이 녀석이 말한 그대로였다. 내가 그리던 옥색바다.

그렇게 2012년 10월 소주 한 잔 마시러 발 디딘 제주에서 나는 8년이나 살게 되었다.

작가의 말

장정미

내 어릴적 꿈은 우주최강천재였다. 유년시절 나를 설레게 했던 TV시리즈 맥가이버의 영향일지도 모르겠다. 슈퍼맨, 원더우먼, 6백만 불의 사나이 등등 슈퍼히어로처럼 강한 힘이나 특별한 무기없이 적을 제압하는 맥가이버가 나에겐 좀더 현실적으로 다가왔다. 뭐 군용나이프와 덕트테이프로 모든 것을 만들어내는 것도 딱히 현실적이라고 하기는 어렵지만 말이다. 그래도 맥가이버 테마 곡을 들으면 무엇이든 해낼수 있을 것 같았다. 이번 책 출간도 유년시절 꿈의 연장선 어디쯤이 아닐까. 부족한 글솜씨로 용감하게 도전할수 있었던 건 역시 이끌어주시는 김서령 작가님이라는 믿는 구석이 있기 때문이었다.

서른여덟 해를 몸담았던 서울을 벗어나 홀로 제주 이주를 감행했던 2012년 가을. 10년 전의 일기를 꺼내어 한번은 짚고 넘어가야 할 제주와의 첫 만남을 소환, 풀어내는 일은 예상보다 어려웠다. 가벼운 이성과 무거운 감성. 장황하게 펼쳐지는 수다스러운 마음의 조각들을 글로 옮기는 작업은 무엇보다 근면성실해야 했다. 근면성실의 부족함과 집중력 부재를 자책하면서도, 용감한 도전을 뻔뻔하게 칭찬하며 마무리한다.

내가 애정하는 공간 이매문고 대표님, 김서령 작가님, 함께 작업한 분들, 응원해준 친구들에게 고마움을 전합니다. 그리고 저를 포함, 이 책을 만나는 모든 분의 길과 이야기를 응원합니다.

2012년 그해 제주, 나를 스쳐간 많은 여행자에게 특별히 고마움을 전합니다.

#전수민

몸이라는 집

어디선가 본 것 같지만 그 어디에도 없는 풍경을 그린다. 시간이 걸리더라도 스미고 켜켜이 쌓는 느린 그림 그리기를 좋아한다. 전통한지와 우리 재료, 특히 옻칠 물감을 이용해 우리 정서와 미지의 세계를 표현하는 한국화가이다. 한국은 물론 미국 워싱턴 DC 한국 문화원, 프랑스 아리랑 갤러리, 이탈리아 베네치아스 레지던스, 중국 생활미학 전시관 등의 초대전을 비롯한 19회의 개인전 그리고 일본 나가사키현 미술관, 프랑스 숄레 등의 단체전 100여 회, 각종 해외 아트 페어에 참여하는 등 활발한 작품 활동을 해오고 있다.

몸이라는 집

꿈에 압력밥솥의 치치치치, 밥 되는 소리가 들렸다. 그런데 아…… 소리가 점점 커지는데 아무도 불을 안 껐다. 이건 아무래도 자동 압력밥솥이 아닌 것 같다. '치치치치 치치치치'하는 소리는 점점 더 거세어져 머리끝까지 신경이 곤두섰고, 하는 수 없이 일어나 보니 지금은 사라지고 없는 외할머니집이었다. 아직 꿈인가 할 때, 갑자기 나타난 외할머니가 손을 꼭 잡아주는 바람에 깜짝 놀라 이제는 정말 잠에서 깨어났다. 온몸에 소름이 돋아 있었고 언제부터인지 바들바들 떨고 있었다.

잠들기 전부터 몸이 으슬으슬 추워서 전기장판 온도를 높게 설정했는데, 고장이 났는지 바닥도 방도 냉골이었다. 만약 그대로 계속 잤다면 나는 분명 크게 앓았을 것이다. 히터를 틀고, 따뜻한 물에 밤꿀 한 숟가락을 타서 마시고, 찜질팩에 몸을 데우며 다시 누웠다. 정말이지 꿈에서도 압력밥솥이 터질까 봐 너무 불안했다. 압력밥솥 밥 되는 소리만큼 일어나지 않으면 안 되는 경고음이 또 있을까. 압력밥솥을 가스레인지에 올려놓고 깜박 잊고 외출하는 바람에 집이 풍비박산이 난 이야기를 들은 적도 있다. 새벽 2시 30분. 외할머니가 나를 깨웠다고 생각하니 가슴이 두근거리고 쉽게 잠을 이룰 수가 없었다.

다섯 살, 전기도 전화도 없는 외딴섬마을에 외할머니와 단둘이 살았다. 갈 때는 엄마와 함께였는데, 하룻밤 자고 났더니 엄마가 혼자 가버리고 없었다. 잠에서 깨어 우니 외할머니는 "눈물 뚝 그치고 할미 말 잘 듣고 있으면 엄마가 온다"라고 했다. 나는 지지 않고 그러면 몇 밤을 자야 엄마가 오는 거냐고 울먹거렸다. 외할머니는 우물쭈물 "백 밤"이라고 했다. 문제는, 외할머니의 예상보다 내가 너무 빨리 백을 셀 수 있게 되어버린 것이었다. 외할머니에게 '바를 正자'가 다섯 번을 의미한다는 걸 배웠다. 외할머니의 담배 종이에 바를 '바를 정正자'를 열 번씩 두 번 썼으니까 백 밤이 지난 것이다. 그런데 왜 엄마는 오지 않냐고 외할머니에게 따져 물었다. 난처해하던 외할머니는 갑자기 서운해하며 "너는 할미랑 살기 싫으냐. 너 가면 이 할미는 혼자 살아야 되는데!"라고 도리어 화를 냈다. 어린 마음에도 두 번 다시 물어볼 수가 없었다. 그리고 말을 잘 들어야 데리러 온다고 했으니까 일단 그냥 말을 잘 들었다. 그렇게 2년을 넘게 살았는데, 사실 2년이나 될지도 모르고 하염없이 착했다. 딱 떨어지지만 영원하기 짝이 없는 백 밤을 지금도 온몸으로 기억한다.

외할머니는 자주 "사람은 몸대로 생각한다"라고 말했다. 생각하는 대로 몸이 따르는 게 아니라 몸 상태 그대로 생각하고 행동하게 된다는 것이다. "내 몸이 귀찮으면 다 성가시고, 내 몸이 부지런하면 매사가 바지런하다, 잘 씻고 잘 자고 좋은 것을 먹어야 몸이 바로 서고 몸이 바로 서야 생각이 올곧다"라고 항상 말했다. 그래서 외할머니는 저물녘이면 직접 조개를 캐와서 가마솥 군불에 굽고, 텃밭의 푸성귀를 따다 신선한 겉절이를 하는 등, 어린 나에게도 인스턴트보다는 좋고 신선한 것을 먹였다. 그래서 나는 성인이 되어서도 입맛이 까다롭다. 지금도 생생하게 떠오를 만큼 외할머니는 매끼 정성을 다해 나를 애지중지 키웠다.

대학 다닐 때 외할머니가 교통사고 후유증으로 돌아가셨는데, 그때 나는 비교적 타락한 영혼이 되었다. 예대에서도 소문난 술꾼이라 툭하면 비틀비틀 걸었고, 일단 술을 마시기 시작하면 보통 아침을 만나기 일쑤였다. 술을 마시면 달라 보이는 현실이 재미있었다. 사실 난 다섯 살 때부터 동동주에 밥을 말아먹을 줄 아는 아이였다. 물론 자주는 아니었지만 외할머니를 따라 매실주 속 술에 전 매실도 하나씩 먹곤 했다. 어쩌면 그래서 외할머니와 단둘이 살았는데도 자주 기분이 좋고, 신이 났었는지도 모른다.

술을 마시면 해는 불덩이가 돼 활활 타오르니까 흥미로웠고, 모든 건널목이 흔들다리 같아서 신났다. 술을 마시면 나만 빼고 전부 비겁해 보였다. 그 시절에는 목이 말라 편의점에 들어가도, 물값이 아까워서 다소 낮은 도수의 '물값에 가까운 술'을 사서 발칵발칵 마셨고, 그러고 나면 '아, 목말라 죽겠는 현실'이 달라져서 또 재미있었다. 술을 마시면 조금 웃긴 일이 이상하게도 너무 웃기고, 조금 슬픈 일도 차곡차곡 더 커져서 엉엉 울게 되었다. 몸이 안 좋아서 술을 안 마시려 하다가도, 술 취한 상대방이 자꾸 술을 권하면 일단 한 잔 마시고, 한 잔이 두 잔 되고 그러다가 '에라 모르겠다'로 바뀐다. 확실히 술을 마실 때는 아무거나 안주가 된다 싶으면 막

먹었다.

어쩌다 술을 마시지 않은 지 벌써 7년이 다 돼 간다. 스스로도 믿기 힘들지만, 특별한 계기 없이 정말 어쩌다 보니 안 마시게 되었다. 술을 마시지 않으니 현실을 똑똑히 지켜보게 되면서 많은 것들이 신랄하게 다가와 때로는 고통스러웠다. 하지만 나는 이제 맨정신의 예술가이고, 온전한 정신으로 그리는 날들의 연속이고, 해와 달은 그대로 말갛게 떠 있다. 내 애인 같던 이들이 다른 사람의 애인이 돼서 재미는 없지만, 고스란히 남은 '상태 좋은' 나를, 다름 아닌 내가 잘 끌어안게 되었다. 그리고 어차피 이 세상은 술을 마시지 않아도 이미 술 마신 것 같은 상태임을 깨달았고, 술이 근본적인 외로움을 채울 수 없다는 걸 알았다.

언 몸을 녹이고 따뜻하게 자고 났더니 피부가 말랑말랑 다소 촉촉해졌다. 기지개를 켜며 욕실로 들어가 샤워기를 틀고 알몸으로 쪼그려 앉았다. 뜨거운 물이 등줄기를 타고 내리자 몸속에 남아있던 차가운 것들이 모두 빠져나갔다. 이럴 때 드는 서늘한 느낌, 이런 느낌은 누구에게나 있는 걸까, 매번 꼭 뭔가 떠오를 것만 같다. 전생 같은 게 있다면 이런 느낌일까, 한동안 아주 쪼그려 앉아있다 보니 나는 왜 구겨졌다가도 펴

질까 하는 생각이 들었다. 그렇게 영원히 앉아 온몸의 섬유근도 구깃구깃 구겨보고 싶었지만, 설마. 구겨지지는 않겠지.

어릴 때 외할머니는 투박한 손으로 내 등을 자주 쓸어주었는데, 그 감촉이 좋아서 자주 등을 만져달라고 했다.

몸으로 기억하는 감촉들이 있다. 힘들 때 몸이 기억하는 음식도 있다. 몸이 아플 때마다 외할머니가 해주던 조개구이와 맑은 조개탕이 생각난다. 내 몸이라는 집에 살다가 언젠가 이 집을 떠날 때, 영혼이 되어 주인을 잃은 빈집을 내려다본다면, 그때 나에게도 손녀가 있다면, 나도 그 손녀의 꿈으로 가 고사리같이 작은 손을 꼭 잡아주어야지.

작가의 말

전수민

'둘만이 있을 수 있는, 지붕이 있고, 벽으로 막힌 공간'을 잠시도 가질 수 없어 사랑을 나눌 수 없는 연인의 이야기를 읽은 적이 있다. 너무도 사랑했지만 또 너무도 가난해서 시간도 집도 없는 그들에게 당장 내 집이라도 빌려주고 싶을 지경이었다.

집이 뭘까. 초등학교 6학년 때 경매로 집이 넘어갔다. 그 때문인지 평생 내 집 마련이 꿈이었던 언니가 결혼하자마자 빚을 내어 집을 사고, 그 빚을 갚느라 정작 집에서 편하게 쉴 시간도 없는 것을 보면서, 나는 집 마련에 집착하지 말아야지 생각하곤 했다. 나 죽으면 집은커녕 세상도 끝인데 말이다.

그러면서 죽을 때까지 사는 집은 바뀌어도 절대적으로 변하지 않고 살게 되는 곳이 내 몸임을 깨달았다. 세월에 맞게 몸집을 키우거나 좁히기도 하면서 아침저녁으로 마음이 달라져도 내 몸은 나의 모든 것을 포용한다. 글을 쓰는 내내 더 찬찬히 몸을 들여다보게 되었고, 다른 사람들의 몸을 보면서 또 감사하게 되는 시간이었다.

#김경아

귀여운 부자 할머니의 오픈홈

쉬는 날이면 눈 뜨자마자 오늘 메뉴는 뭐냐고 물어보는 용감한 두 남자와 겨우 겨우 끼니를 해결하며 살고 있다. 대단한 요리 솜씨를 가진 건 아니지만 간을 맞출 줄은 알고, 대접하는 것을 좋아한다. 비록 지금은 식구들의 매일 밥상을 해결하는 입장에서 '남이 해주는 집밥'이 제일 반갑지만. 그냥 귀여운 할머니가 아니라 이왕이면 넉넉한 부자 할머니가 되어 문을 활짝 열고 책도 음식도 마음도 나누며 살 수 있기를 꿈꾸는 중.

귀여운 부자 할머니의 오픈홈

#1

“다른 건 몰라도, 냉장고는 무조건 제일 큰 거로 해야지! 거기에 음식을 항상 꽉꽉 채워놓고 언제 누가 오든 맛있는 걸 대접할 수 있게.”

나는 어릴 때부터 ‘결혼하면 냉장고는 무조건 큰 거로!’를 외쳤다. 사람 좋아하고 친구 많은 남자를 만나서 결혼을 준비하다 보니 둘 다 먹을 것이 가득 찬 큰 냉장고에 대한 로망은 같았고 우리는 두 번 생각할 것도 없이 제일 큰 용량의 냉장고를 골랐다.

신혼 시절, 길 건너에 살던 후배가 우리 집에 놀러 왔고 토요일 점심이니 간단하게 먹자고 닭칼국수를 끓인 일이 있었다. 얼마 지나지 않아 그 친구네 집에 놀러 갔는데, 저녁상을 차려주며 그가 말했다.

"언니가 해 줬던 닭칼국수에 대한 기억 때문에 언니한테는 밥을 꼭 잘해줘야 할 것 같아."

사실 닭칼국수를 내간 일도 가물가물했는데, 친구는 그날 밥상을 조목조목 기억하고 있었다. 상다리 부러질 잔칫상은 커녕 여러 가지 반찬 만들고 국, 찌개 끓여 한 상 차린 것도 아닌 소박한 밥상을 한참이 지나도록 그리 자세하게 기억하는 친구의 이야기가 집에 오는 길 내내 자꾸만 맴돌았다.

보나 마나 나는 그냥 점심 한 끼 간단하게 먹자고 한 그릇 음식 뚝딱 내놓은 거였을 텐데 어찌 생각하면 좀 부끄럽기도 하고, 별 것 아닌 국수 한 그릇을 환대로 기억해주는 친구가 고맙기도 했다. 앞으로도 누군가는 내가 차려낸 밥상을 또다시 그렇게 기억해주겠지.

나는 어쩌다가 꼬꼬마 때부터 제일 큰 냉장고를 욕심내게 되었을까. 누구든 언제든 편하게 들러서 우리 집에서 밥 한 끼 먹고 가는 그림을 그리게 된 것일까.

"지금 밥 먹으러 가도 돼요?"

무슨 요일이든, 그 시간이 점심시간이든 다 저녁이든 전화 한 통이면 나를 환영해 주는 가족이 있었다. 터덜터덜 기운 없이 찾아갔다가도 밥을 먹고 힘을 내고, 신이 나는 날은 간식거리라도 사 가서 왜 그렇게 기분이 좋은지 온종일 종알종알 풀어내도 다 받아주던 집. 우리 엄마 손맛도 자랑할 만한데 어디 멀리 나와 자취를 하는 것도 아니면서 집밥 먹으러 자주 가던 그 집. 그렇게 10여 년을 잘 먹이면서 '나중에 너 결혼할 때 밥솥은 내가 해주마'고 약속하더니 진짜 최고 좋은 사양의 신제품을 선물해주었다.

그때부터 자연스럽게 내가 그리는 '우리 집'의 모습은 그랬던 것 같다. 좋은 일도 힘든 일도 언제고 찾아와서 나눌 수 있는 편안한 곳. 내가 경험했던 대로 나를 향해 언제나 열려 있던 오픈홈. 그런 데서 먹을 게 빠질 수 있나? 그러니 냉장고가 늘 든든하게 채워져 있어야지.

막상 살다 보니 요즘은 누구를 만나도 집으로 들어오기보다는 밖에서 만나 식당으로 가는 편이고 더욱이 코로나 시절을 보내면서 우리 집 문을 활짝 열어놓는다 한들 서로 조심스럽다.

아랫집, 윗집 살면서 한 골목에서 1학년부터 6학년까지 다 같이 노는 시절도 아니라 친구 엄마들과 미리 약속한 것이 아니면 하굣길에 놀다 가겠다고, 아이 친구들이 벨을 누른다고 별생각 없이 집으로 들이기도 쉽지 않다.

냉장고 사정은 어떻지? 어느 집은 김치냉장고에, 냉동고까지 따로 있다는데, 그때나 지금이나 내가 가진 제일 큰 냉장고는 여전하지만 그 큰 냉장고에 김치통과 쌀통을 빼면 든 게 별로 없다.

하지만, 내가 꿈꾸던 우리의 '오픈홈'이 다시금 여러분 앞에 열리기를 바란다. 언제라도 누구든 찾아오면 함께 맛있는 한 끼와 맛있는 시간을 나누는 그런 날이 곧 오기를 바란다. 아들이 지금보다 더 형아가 되어 한 사람 당 라면 몇 개씩 끓여달라며 친구들을 우르르 데리고 와도 좋다. 잠깐 들러도 좋고 밤을 새워 놀아도 좋고 우리 친구들이 부담 없이 모일 수 있는 장소로 우리 집을 떠올리는 것도 좋다.

자, 이제 쓸고 닦으며 그날을 기다리고 준비해야겠다. 가만 보면 오픈홈이란 것이 먹을 것이 가득한 냉장고보다는 발디딜 데를 만들어 두는 것이 더 급한 문제더라고?

#2

사라 스튜어트의 《더 라이브러리The Library》를 읽었다.
그 근사한 이야기가 실화란다.

한 마디로 부럽다. 책을 사랑하는 마음도, 도서관을 만들
만큼 많은 책을 소유하고 또 읽어낸 것도, 평생 아끼며 읽어
냈을 그 책들을 이웃들에게 나눌 수 있는 그 넉넉한 마음도,
책을 함께 읽으며 나이 들어가는 가까운 친구도, 책 속에 파
묻혀 살 수 있는 환경도. 다 부럽다, 다.

나도 책을 그렇게 좋아했었다.

할머니가 부르는 줄도 모르고 책에 집중해 있다가 엄마한
테 등짝 스매싱도 당해보고(진짜 아무 소리도 못 들었다고
요!), 날이 어두워질 때까지 코 박고 책 읽는 습관 덕분에 눈
이 나빠져 안경을 쓰기 시작했고, 넌 돈만 생기면 책을 사냐,
하는 엄마에게 "다른 것도 아니고 책 사는 건데 너무 뭐라고
하지 마세요." 투덜거린 적도 있다.

지금은 책을 읽으려면 시간을 만들어내야 하고 에너지도
필요하다. 책 읽는 시간이 휴식이 되는 때가 분명히 있었는
데. 책 읽는 것만, 책을 읽을 수 있는 것만 생각할 수 있으면

좋겠다. 책 사는 데 주저하지 않아도 될 만큼 돈이 많았으면 좋겠다. 층고가 높은 집에 벽마다 책장으로 두르고 읽고 싶은 책, 좋아하는 책으로 꽉 채우고 살고 싶다. 사다리 타고 올라가 위칸의 책을 꺼내야 하는 그런 책장. 그런 집.

책만 있으면 된다니 이런 내가 얼마나 소박하냐고 말하고 싶지만…… 어머, '층고가 높은 집'에서 이미 틀렸네. 그래도 뭐 상상하는 것이 잘못도 아니고 나도 언젠가 내 바람대로 그런 집에서 그렇게 살게 되기를 꿈꾸련다. 그러다가 내 책으로 도서관을 만드는 것도 근사하겠다, 정말. 그 도서관을 사랑하는 사람들이 있고 기기서 더 좋은 이야기들이 많이 만들어지는 것도 멋지겠다, 너무.

길 잃었다고 그곳에 집을 얻어 정착하다니 사라 스튜어트 언니, 정말 멋져요. 부자 할머니라서 가능한 일이 아니고 뭐람. 내 꿈은 책 읽는, 귀여운 부자 할머니다.

작가의 말

김경아

'나는 하고 싶은 말이 너무 많아!'

길어지는 문장들을 보며 나는 참 말이 많아서 글이 짧게 안 끝난다고 생각했는데 그건 한두 줄로 다 보여주는 SNS에서나 상대적으로 그렇게 보였던가 보다.

인터넷상에 짧게 쓰고 마는 거 말고는 얼마나 글을 안 썼던 건가. 그러면서 왜 아이에게는 독서록 하나를 써도 대충대충 쓰지 말고 제대로 써보라고 했던 거지. 일기든 뭐든 글을 꾸준히 써봐야겠다고 다짐했던 새해의 각오를 다시 되새겼다.

글을 쓰려다 보니 내가 집에 관해 가진 생각들을 모두 모아 들여다보는 시간이기도 했다. 햇빛 잘 드는 거실에 앉아 편지를 쓰거나 작은 선물을 포장하고 있는 내 모습을 상상했다. 우리 집 부엌에는 늘 손님들이 둘러앉아 도란도란 이야기하고 냉장고 문을 열어 음식을 해 먹고 아이들의 웃음소리가 들리는 그림. 꼭 내가 요리를 해야 하는 건 아니고 누구라도 맛있는 음식을 만들고 나누어 먹으면 그만.

두 권의 책을 낸 선배님이자 나의 독서 친구 시호야, 수시로 엄마 원고 다 썼는지 체크해주고 관심 가져 주어 고마워. 한참 쉬고 싶을 시간에 불평 없이 늘 우리를 데리고 다녀주며 나만의 시간을 확보해 준 남자 1호 이석 훈씨, 감사합니다. 그 언젠가, 어쩌면 부자 할머니가 되기 전에라도 저희 의 오픈홈에 초대하고 싶은 명단이 추가되었습니다. 김서령 작가님!

마지막으로 우리들의 기억과 이야기들이 읽히는 모든 순간, 잠시라도 따 뜻하고 편안한 기운이 전해지기를 소원한다.

#김남희

그 집을 생각하면

간절히 뮤지컬 배우가 되고 싶었던 적이 있다. 지금은 평범하게 두 아이를 키우면서 중학교에서 과학을 가르치고 있다. 학생들이 "선생님 수업이 제일 좋아요!" 할 때가 가장 행복하다. 학교에서 학생들을 가르칠 때처럼 내 아이들도 키우고 싶지만, 마음대로 되지 않는다는 것을 매일 깨닫는다. 뮤지컬 배우의 꿈은 포기했지만 언젠가는 뮤지컬 하는 과학 선생님이 되고 싶다. 무대에 서는 배우가 되지 않아도 좋다. 교실이라는 무대가 나를 기다리고 있으니까!

그 집을 생각하면

눈이 떠진다. 등이 아프다. 손을 뻗어 핸드폰을 보니 또 1시 반, 3개월째다. 일주일에 두세 번은 꼭 이렇게 새벽에 눈을 뜬다. 무섭다. 남편이 옆에 없으니 더 무섭다. 바로 일어날 수가 없어 살살 움직여 본다. 미간에 주름이 간다. 아아.

두 아이를 낳고 나서 허리 디스크로 고생한 지 오래다. 둘째를 낳고 1년 만에 좌골신경통이 악화해 8개월씩이나 제대로 걷지 못했던 터라 웬만한 통증은 통증으로 느껴지지도 않고 걱정도 별로 안 하던 나였다.

그런데 이번엔 통증의 위치가 다르다. 척추를 중심으로 양옆 갈비뼈 등판이 결리고 담이 온 것처럼 뻐근하다. 담이라면 일주일쯤이면 나아졌을 텐데, 3개월이 지나고 있으니 별 생각이 다 든다. 한 부장님 말처럼 정말 장기에 큰 이상이라도 온 거면 어쩌나……아니야, 그럴 리 없어. 이 부장님 말처럼 운동부족일 거야, 하면서 가끔 시간이 날 때 한의원에서 부항을 뜨고 침을 맞았지만 그때뿐이다.

불안함이 밀려오지만 고개를 돌리면 옆에 곤히 잠들어 있는 둘째가 있다. 천천히 몸을 돌려 살포시 껴안고, 입술을 볼에 갖다댄다. 귀여운 것. 그러니 나는 살아야 한다. 일어나서 물 한 모금을 마시고 거실로 나온다. 폼 롤러를 바닥에 놓고 등을 문질러 본다. 아파서 배에 힘이 잔뜩 들어간다. 어두운 새벽 그림자와 함께 두려움과 공포가 밀려온다. 어떻게 이렇게까지 아플 수가 있는지 도통 모르겠다.

"선생님, 이거 분명히 스트레스 때문이에요. 너무 힘들어 보여요. 좀 쉬어야 해요. 우리 남편, 회사 다니는 동안 시력 저하로 앞이 잘 안 보여서 힘들어 하더니 한 달 휴가 내서 쉬고 나니까 좋아졌잖아요."

함께 근무하는 옆 짝궁 덕연 샘이 몇 주 째 파스를 붙여주고 있다. 부항 자국으로 등 전체가 시퍼렇게 멍든 걸 본 이후로 쉬어야 한다면서 늘 걱정해 주는 고마운 사람이다. 파스를 붙이러 여교사 휴게실까지 가는 것 자체가 정신없이 바쁜 중학교 2학년 담임들에게는 성가신 일이다.

"선생님 미안해요. 자꾸 부탁해서…… 남편이 집에 있으면 파스라도 붙여주는데."

"힘들어서 어떡해요. 퇴근하고 쉬지도 못하고 매일 혼자서 애들 보는 건 정말 너무 힘들 거 같아요."

"그러니깐요. 주말부부 한 지 3년이 넘어가니 지치네요."

아이들한테는 정말 미안하지만 시간을 되돌릴 수 있다면 무조건 혼자 살 거다. 세상에서 가장 힘든 일이 육아라고 확신한다. 육아를 해보지 않은 사람은 절대로 이해할 수 없는 일. 힘들다고 말할 필요도 없다. 모를 테니까. 이보다 더 예상할 수 없고, 가혹한 사랑이 없다. 그리고 결국은 아빠가 아니라 엄마가 해야 하는 것들이 너무 많다. 남편이 원망스럽다.

아직도 생생하다.

"누나…… 저기…… 저, 누나를 더 좋아해도 될까요?"

알고 지낸 지 2년 남짓, 청년부의 한 살 어린 교회 동생이 어느 날 깜짝 고백을 했고, 그 자리에서 거절하는 게 내키지 않았다. 생각해 보겠다고 했고, 일단 집으로 와서 며칠 있다가 안 된다고 할 참이었다. 문제는 그날 밤 11시 걸려온 전화였다.

"누나, 그냥 아무 생각하지 마시고 절 따라와 주시면 안 돼요? 제가 다 책임질게요!"

핸드폰 너머로 들려오는 중저음의 목소리, 순간 심쿵했다. 지금 생각해 보면 뭘 책임지겠다고 한 건지 알 수가 없다. 결혼 이후로 내 인생은 180도 방향이 바뀌었다. 예상하고 기대했던 것과는 전혀 달랐다. 내 이상형도 아니었는데…… 오히려 거리가 멀었다. 작은 키에 어깨도 좁았다. 대학교 3학년 이후 6년 동안의 공백이 컸던 걸까. 결국 '오빠'랑 결혼하기로 계획했었던 나는 '동생'과 결혼을 했다.

제기랄.

인생의 가장 큰 실수다. 안 그래도 남자는 다 애라는데, 한 살 어린 동생은 아가였다.

"누나는 원래 손에 물 묻히는 거 싫어한다. 다 네가 해야 해. 그럴 수 없으면 지금이라도 결혼은 없던 걸로 하자."

여러 번 얘기했다. 진심이었다. 그러나 말하면서도 집안일 뭐, 가끔은 내가 할 수도 있지, 속으로 생각했다. 그때마다 그가 말했다.

"그럼요, 누나. 집안일은 제가 다 할 거예요. 걱정마요."

"빨래도 네가 해. 난 설거지는 절대 안 할 거야. 대신 청소기는 돌릴게."

세상에서 설거지하는 게 가장 싫다. 대학 입학 후 동아리

활동을 하면서 뮤지컬에 반쯤 미쳐있던 나는 졸업 후 부모님 몰래 뮤지컬을 공연하는 대학로의 극단에 들어갔다. 그때 평생 할 설거지를 다 했다. 배우들과 스태프들이 밥을 먹고 난 설거지거리를 수레에 잔뜩 싣고 눈 쌓인 대학로 거리를 고개 숙인 채 하염없이 걸었다. 영하의 날씨에 10분 넘게 걷다 보면 점점 발에 감각이 없어지고 발가락이 간질거리기 시작하며 온몸이 얼었다. 맥도날드를 지나면서 천 원짜리 햄버거가 너무 먹고 싶었던 순간들. 극단에서 사무실까지 수레를 끌고 와서 실내화 한 짝도 빨아본 경험이 없었던 내가 하루에 한두 시간씩 설거지를 했다. 지랄 같은 추위, 거지 같은 인간들이 있었다. 그래도 버텨보고 싶었다. 3개월이 지났을 무렵 내가 코러스로 올라간다고 결정된 그 순간, 나보다 연습생으로 먼저 들어왔던 여자애들 둘이 본격적으로 나를 못살게 굴었다. 17년이 지난 지금도 그 이름을 잊을 수 없다. 지혜, 은영. 나쁜 년들! 나보다 나이도 서너 살 어린것들을 선배님이라고 불러야 하는 것도 짜증나는데 날마다 "남희씨! 남희씨!" 불러내서 구박을 해댔다. 잔소리의 대부분은 화학과 나와서 교사 자격증까지 있는 네가 왜 여기서 우리 밥그릇을 뺏으려고 하느냐, 였고 코앞에서 그놈의 담배를 피워대는 바람에 극단으로 가는 발걸음이 점점 무거워졌다. 당장 갖고 있는 돈을 주지 않으면 담배로 살을 지지겠다고 협박했던 무서운 언니들한테 잡혀본 이후로 담배 연기는 나에게 끔찍한 공포다. 두 여자애의 담배 연기에 내 열정이 금이 가고 있었다. 설상가상으로 노량진에서 공부하고 늦게 들어오는 줄 알았던 딸이 뮤지컬 극단에 들어갔다는 사실을 알게 된 엄마는 핏발 서린 눈빛으로 극단에서 돌아온 나를 붙잡고 끊임없이 그만두라고, 미친 짓이라고, 새벽 내내 잠도 못 자게 들볶았다.

"엄마, 딱 3년만 해볼게. 내가 재능이 있다잖아. 해보고 안되면 그때 교사하면 되지. 나 못 믿어? 한 번도 엄마 실망시킨 적 없잖아. 3년 안에 주인공 안 되면 엄마가 하라고 해도 안 해."

엄마가 내 등짝을 후려쳤다. 아팠다. 엄마도 울고 나도 울었다. 일주일 내내 엄마도 나도 잠을 이루지 못했다.

그리고 가장 추웠던 그날, 여느 때처럼 잔뜩 쌓인 설거지를 하고 극단에 돌아왔더니 공연이 시작되어 신나는 주인공의 노래가 들려오고 있었다. 무대 뒤에 선 내 모습이 초라하고 불행했다. 두 여자애가 또 부른다. 지겹다. 더 이상은 참을 수 없었다. 겨우 코러스 올라가는 걸 가지고 매일같이 못살게 구는 저 두 년 핑계를 대기는 싫었다.

"선생님 뮤지컬 하면 행복해야 하잖아요. 그런데 이제 행복하지 않아요!"

연출 선생님 앞에서 눈물을 펑펑 흘리며 죄송하다 말을 했다. 감정을 추스를 수 없었다. 나는 그 말을 끝으로 극단을 뛰쳐나왔다. 그때 이후로 뮤지컬이고 공연이고 다 싫다.

"누나, 저 설거지 하는 거 좋아해요."

얘랑 결혼하면 일단 설거지는 절대로 안 할 수 있을 거 같았다. 설거지는 평생 해줄 수 있는 착한 동생이라고 믿었다. 그래서 프러포즈를 흔쾌히 받아들였다. 개뿔! 미쳤지. 내가 너무 순진했다. 당시 나는 교사였고 남편은 대학 졸업을 앞둔, 유학 준비생이었다. 청첩장을 받은 선생님들이 절대 학생은 안된다고, 이 결혼은 없던 거로 하라고 말렸다. 어른들 말은 틀린 게 하나도 없다. 결혼 직후 남편에게 공무원 시험을 준비하라고 설득했지만 결국 그는 유학을 떠났고, 나는 한국에 남았다. 방학 때만 왔다갔다하는 기러기 부부가 되었다.

결혼을 한 이후로는 툭하면 아프다. 정확히 아이를 낳은 이후부터다. 나는 아이 둘을 한국에서 낳지 못했다. 한국에서 낳을 수 없었다. 지금 첫째를 낳기 전 유산을 했다. 그런데 또 첫째가 배 속에 있을 때, 하혈로 입원을 했다. 절박유산 진단에 마음이 무너졌다. 사흘째 열이 떨어지지 않았다. 남편이 옆에 없으니 더 서러웠다. 남편이 논문 프러포즈를 앞두고 있었기에 시어머니는 미국에서 힘들게 공부하고 있을 남편에게 괜한 걱정하게 만들지 말라 했다. 그래서 전화가 와도 아픈 내색을 할 수가 없었다. 수간호사가 직접 찾아와 우울증이 심한 거 아니냐고 할 만큼 나는 엉망이었다. 우울증이라니! 아이를 또 잃을 수도 있는데 남편에게 말을 할 수도 없고 미치고 환장할 노릇이었다. 퇴원하고 나서야 논문 발표를 마쳤을 남편에게 전화를 했다.

"아이를 잃을 수도 있대, 지금은 퇴원했어."

남편은 당장 귀국했고, 병가는 휴직으로 길어졌다. 나는 안정기를 거친 뒤 남편을 따라 미국으로 가기로 했다. 두렵긴 했지만 남편과 함께 지내는 게 가장 좋은 선택이라 생각했다. 남편이 공부하는 곳은 추웠다. 10월이면 눈이 내렸고 우리의 형편도 추웠다. 일반 병원에서 아이를 낳는 비용을 감당할 수가 없었기에 수입이 없는 학생들에게 무료인 보건소를 다녔다. 보건소에서 마약에 찌든 미국인이 옆에 앉으면 나는 슬금슬금 자리를 피했다. 난산이었고 회복하는 데 시간이 오래 걸렸다. 남편이 도와주기는 했지만 산후조리를 제대로 못 한 탓에 몸에 무리가 왔다. 갑자기 허리가 옆으로 돌아가 휘어졌고 통증 때문에 아예 일어날 수가 없었다. 한국이었으면 구급차를 불러 응급실로 갔을 텐데, 미국에서는 구급차 비용이 어마어마했다. 화장실도 못 가는 상황이었다. 통증이 심해서 남편한테 업힐 수도, 몸을 제대로 펼 수도 없었다. 며칠을 버티다가 교회의 아는 분 소개로 한국인이 운영하는 병원에 갔다. 다행히 진료비를 받지 않았다. 그때 근막이 끊어졌다는 것을 알았다. 회복하는 데 시간이 필요하다고 했다.

둘째를 낳고 나서 또 허리디스크가 심해져 절뚝거리며 걸었다. 이미 허리가 끊어져 본 경험은 사람을 강하게 만들었다. 그런데 미국에서 혼자 아이 둘을 키우는 건 아이가 하나일 때와는 차원이 다른 세계였다. 툭하면 잠을 이루지 못했다. 새벽에 혼자 벽장 속에 들어가 울었다. 그냥 도망갈까, 싶었다. 조용히 도망가면 어디라도 이 큰 미국 땅 내가 살 곳 있겠지, 하며 짐을 쌌던 적도 있다. 그런데 곤히 잠든 두 아이의 얼굴이 내 발을 묶었다. 꽁꽁 묶었다. 숨쉬기가 힘들었다.

"365일 중에 300일은 아픈거 아냐? 정밀검사 해봐야지. 건강검진 언제 했더라?"

이렇게 말하는 남편이 얄밉다. 너 때문이야. 다 너 때문이라고! 그런데 정말 100% 남편 때문인가? 다른 이유는 없는 걸까?

나는 미국에 가기 전까지 한 집에서 쭉 살았다. 우리 집은 늘 더웠다. 한번은 자다가 양발 뒤꿈치에 화상을 입은 적도 있다. 그 정도로 방은 뜨거웠다. 절절 끓었다. 우리 집은 추운 겨울날에는 추워서 더 절절 끓었고, 더운 여름날에도 습하다고 보일러를 틀었다. 엄마는 매일같이 춥다고 하셨다. 갑작스레 아빠의 사업이 망하면서 엄마는 냉동 물류 창고에서 일하셨다. 그래서 엄마가 퇴근하면 보일러는 더 바쁘게 돌았다. 1년 내내 우리 집 평균온도는 27도를 웃돌았다. 중학교 때 친구네 집에 가고서야 확실하게 알았다. 우리 집이 정말 특별히 덥다는 것을. 처음에는 더워서 엄마한테 짜증도 많이 냈는데 희한하게 20대 이후로는 뜨끈한 우리 집이 좋았다. 다른 집들은 너무 추웠다. 미국에서 살던 집은 당연히 온돌 방식이 아니라 바닥이 따뜻하지 않았고 지금 사는 집도 춥다. 보일러를 틀지 않으면 발바닥이 시리고 아파서 양말을 신어야 한다. 흐리고 비 온 다음 날, 눅눅하고 쌀쌀한 기운에 보일러 버튼을 눌러 빨간 불이 분명히 들어온 걸 확인했는데도 몇 시간째 바닥은 냉골이다. 아차, 지금은 6월이다. 이미 5월의 어느 날 중앙난방이 끊겼을 텐데 또 깜박했다. 뜨거운 방바닥. 절절 끓는 내방에서 자고 싶다. 여기가 내 집인데…… 그때 그 방이 너무 그립다. 그 집을 생각하면 내 모든 추억이 따뜻하게 살아난다.

수능을 망치고 인생이 끝난 것 같은 그 날도 집에 와서 펑펑 울다 결국 따뜻한 내 이불 속에서 잠이 들었다. 자고 일어나니 살 것 같았다. 공연을 앞두고 온종일 포스터를 붙이러

대학로 곳곳을 돌아다니다가 설거지까지 하고 온 날도 나에게는 따뜻한 집이 있었다. 아이를 유산했을 때에도 눈물을 흘리며 모든 걸 다 잃은 사람처럼 멍하니 있다가 뜨끈한 내 방에서 한숨 자고 일어나 따끈한 미역국을 먹었다. 나에게 따뜻한 내 방은 물리적으로나 정신적으로나 나의 심장을, 나의 세포들을 더 활동하게 만들어 주었던 곳이다.

그럼 결혼 후 집을 떠나게 되면서 정말 나에게 따뜻한 집은 없었던 걸까? 사실 똑같이 따뜻했던 집은 정말 없었다. 그러나 콜로라도의 추운 겨울, 기숙사에서 첫째를 업고 눈물을 흘리고 있을 때 함께 머핀을 구워먹자면서 연락해 준 친구 한별이가 있었고 허리가 끊어져서 아무것도 할 수 없을 때 죽을 끓여다 준, 미국에서의 나의 첫 번째 한국인 친구 영옥이가 있었다. 둘째가 태어나고 또 허리가 아프기 시작해 절뚝거릴 때, 먹어야 기운이 난다면서 반찬을 한가득 싣고 두 시간이 넘는 거리를 달려와 준 정은 언니가 있었다. 그래서 나는 그 추운 날들을, 내 몸에 맞지 않는 그 삶들을 버틸 수 있었다.

쌀쌀한 늦가을에 접어들면 일주일에 한 번은 무조건 한의원행이다. 침 맞고 부항을 뜨고 견인치료를 받아야 허리가 또 일주일을 버틴다. 정형외과에서는 수술을 권유했지만 수술은 그때뿐이라는 어른들의 말을 듣기로 했다. 내 몸은 27도 우리 집에 최적화된 몸인데, 겨울철 실내 적정 온도 19도에서 20도라는 기준은 내게 적정하지 않다. 입자의 운동은 온도가 높을수록 활발하고 온도가 낮을수록 둔해진다. 늘 따뜻한 온도에서 배양되었던 내 온몸의 세포들은 낮은 온도에서 활동하기가 힘들지 않을까? 입자의 간격이 온도가 낮아서 좁아지듯 그렇게 내 디스크액도 수축하고 그래서 통증이 심했나 싶기도 하다며 나름 나만의 과학적 근거를 들어 생각해 보기로 한다.

이 글을 쓰기 전까지는 화가 많이 나 있었다. 모든 것이 '결혼'이라는 잘못된 선택으로 비롯된 것이고 그래서 더 남편이 원망스러웠다. 그런데 곰곰이 생각해 보니 나는 에너지 절약이라는 요즘 시대의 슬로건에 반하는, 아주 허약한 체질이다. 체질 탓인 걸 누구를 원망한들 무슨 소용이 있나 싶다. 내가 차라리 일을 그만두고 남편과 함께 지방에 내려가면 덜 힘들까 싶다가도 나는 내가 '교사'라서 좋다. 정확하게 말하면 교단이라는 '무대'에서 '수업'이라는 공연을 할 수 있어서 좋다. 극단을 나오기 전 엄마가 등짝을 한 대 후려쳤을 때 함께한 말이 있다.

"남희야, 네가 좋아하는 일을 하는 것보다 네가 잘하는 일을 하는 게 나중에 더 좋다."

진리다. 학창시절부터 친구들은 선생님보다 내가 설명한 게 더 이해가 잘되고 늘 재미있다는 말을 했다. 이런 나를 엄마는 항상 '교사'가 되면 딱이라고 툭하면 나를 '선생님'이라 불렀다.

"야, 기가 막히다. 기가 막혀! 이렇게 쉽게 설명하다니! 쉽죠, 잉?"

수업 막바지엔 이렇게 자화자찬하며 박수를 유도한다. 교직 초반에는 국내 최고의 과학교사라고 애들한테 뻥도 치고 그랬는데 사실 지금은 자신이 없다. 그리고 지금 수업은 내가 생각해도 재미가 없을 때가 많다. 예전에는 중간중간 개념 설명 사이에 지루해할 만한 포인트 사이 농담거리도 다 짜서 수업에 들어갔다. 마치 뮤지컬 대본처럼 한 땀 한 땀 수를 놓았던 수업이었는데, 지금은 관객들이 아무 때나 잠들어 버린다. 한 학생도 절대 놓치지 않겠다는 나였는데 일단 우리 애 둘 키우기도 이렇게 힘드니 수업 준비할 시간이 절대적으로 부족하다.

그러나 계속 이런 식은 내가 용납할 수가 없다. 수업을 더 잘하고 싶은 욕심에 교과연구회도 들어가고 삶의 활력을 위해서 교사 동아리도 시작하게 되었다. 나는 교사 밴드 동아리의 보컬을 맡았다. 웃음이 나온다. 내 꿈이 뮤지컬 배우였다는 것을 우리 학교 선생님들은 모른다. 비밀 하나 있어서 즐겁다. 보컬을 하면서 이제야 깨달았다. 뮤지컬 배우 안 하길 천만다행이다. 뮤지컬 배우의 생명은 결국 '노래'다. 나 말고 다른 보컬 선생님이 있는데 타고난 성대를 가졌다. 근본적인 발성이 다르다. 극단을 나오기 일주일 전, 사실 나는 극단 작곡가 선생님의 사무실에 찾아갔다. 내가 맡고 싶었던 역할의 뮤지컬 곡을 연습해서 불렀다. 그리고 상황을 설명했다. 부모님 반대가 심하셔서 일단 톡톡 튀는 조연으로 빨리 이름을 알리고 싶다고 했다. 그때는 무슨 자신감으로 그렇게 얘기했는지 모르겠다. 작곡가 선생님은 목소리 톤이 주연급이라 보컬 트레이닝만 3년을 해야 한다고 했다. 다시 말해 조연으로 캐스팅되기에는 목소리에 특색이 없고 발성도 안 되어 있어 적어도 3년은 투자해야 한다는 뜻이었다.

"엄마, 그때 언니 뮤지컬 배우 했으면 분명히 성공했을 거야! 괜히 말려가지고!"

가족 모두 모이면 내 동생은 꼭 엄마를 원망하는 말투로 그 이야기를 꺼낸다. 과연 그랬을까?

"주인공 여자애는 프로야?"

뮤지컬 배우가 되기로 결심한 이유다. 대학로 첫 동아리 공연을 마친 뒤 선배들의 칭찬이 끊이지를 않았는데 그중 선배 친구가 선배한테 한 말을 전해 듣고 심장이 터지는 줄 알았다. 선배의 친구가 이 동아리에서 나만 프로로 활동하는 실제 배우 아니냐고 물어봤다는 거다. 지금 생각해 보면 인사치레일 터인데 내가 너무 순진했다. 그런데 이쯤에서 짚고 넘어가야겠다. 그 당시 뮤지컬 동아리가 있는 학교는 몇 안 되었다. 연극동아리는 많았지만 뮤지컬은 지금처럼 대중화되어 있지 않았다. 화학과 선배 중 몇 명이 뭉쳐서 연극 대본을 수정해서 뮤지컬로 만들어 공연을 올린 게 시작이었다. 생각해 보면 대단한 끼를 가진 선배들이었다. 과 동아리였기 때문에 화학과 사람들이 보기에만 내가 '끼'가 넘쳤던 거지 아마 예대에 들어갔으면 지극히 평범했을 것이다. 극단을 나오던 날 연출 선생님이 마지막으로 해주신 말이 있다. 그는 연습생들에게 굉장히 차가운 분이었다.

"남희야, 부모님이 원하시는 거 먼저하고 와라. 언제든지 받아줄게."

지금 가도 받아줄까? 다 잊고 산 줄 알았는데 갑자기 또 심장이 뛰기 시작해. 나 어쩌지?

작가의 말

김남희

같은 학교 사서 선생님의 소개로 알게 된 《꼬마작가 책 만들기 프로젝트》를 통해 첫째와 둘째가 먼저 작가가 되었다. 오래전부터 힘든 삶의 기억들을 토해내고 싶었다. 화가 가득 차 있었고 스트레스가 몸을 망가뜨리고 있었다. 글로 원망을 쏟아내고 싶었다. 짧은 시간이었지만 글을 쓰며 나를 더 자세히 들여다보고 객관적으로 바라보는 순간을 통해 조금씩 진정이 되었다.

나는 체력이 약하다. 결혼 전에도 수업을 마치고 집에 오면 한 마디도 하기 싫었다. 주말에도 온종일 집에 있었다. 배터리 충전하듯 뜨끈한 방바닥에 몸을 꼭 붙이고 뒹굴거렸다. 그러면 다시 기운이 났다. 과학을 싫어했던 학생들이 내 덕에 과학이 재미있어졌다고 하면 더 힘이 나서 매시간 수업에 나를 갈아 넣었다. 그때 퇴직을 3년 앞두고 계시던 선생님은 "김남희! 그렇게 하면 오래 못간다. 적당히 해!" 라고 말씀하셨지만. 칭찬이라고 생각했다. 자신감으로 교실을 누비며 눈에 보이지 않는 이론을 눈에 보이게 설명했다.

결혼 후 미국에서 홀로 육아를 하는 동안 피드백은 없었다. 그 누구도 나를 칭찬해 주지 않았다. 엄마가 희생하는 건 당연한 일이었다. 잘해야 하는 건 기본이었고, 못하는 것들에 대해 자책하며 6년을 보냈다.

다시 시작하고 싶다. 글을 써본 적도 없고 글재주도 없는데 쓰는 동안 마음이 편해졌다. 상황은 나아지고 있다. 어느새 의젓해진 첫째 아들 문규 덕분에 글쓰기를 결심할 수 있었다. 참 고맙다. 나를 채우는 시간이 좋다. 글을 쓰는 것도 그렇다. 글쓰기 수업에 둘째를 데려갔다. 둘째는 옆에서 조용히 그림을 그리다가 이내 내 무릎에 곤히 잠들곤 했다. 내가 조금만 마음이 울적해도 "엄마 왜애? 슬퍼?" 하고 묻는 사랑스러운 내 딸! 내 마음을 제일 먼저 읽어주는 보영이에게 가장 고맙다. 신이 나에게 주신 선물과 위로라는 것을 확신한다. 마음 편하게 글을 쓰게 해준 김서령 작가님과 이런 좋은 기회를 알게 해주신 최은하 선생님에게 감사드린다. 그리고 어렸을 때부터 허약했던 나를 키워준 나보다 더 약한 우리 엄마. 고맙고 사랑해요. 또한 아프고 힘들었을 때 여러가지로 도와주셨던 분들, 이현철, 김정미, 김선영, 심미옥, 선정은, 엄혜빈, 이현진, 이주연, 강정희에게 정말 고마운 마음을 전한다.

그리고 마지막으로 드디어! 나에게 금요일 저녁의 자유를 허락해 주고, 주말에도 내 시간을 좀 더 가져보라고 응원해 준 남편에게도 고맙다고 얘기하고 싶다. 다시 태어나면 결혼은 절대 안 할 거지만 꼭 해야 한다면 너야!

#지은호

떠나는 즐거움, 돌아오는 기쁨

달콤한 음식과 낯선 곳으로의 방문을 즐긴다. 한 번도 가본 적 없는 곳으로 여행을 떠나며 그곳에서 어떠한 경험을 하게 될는지 상상하면서 기뻐하고 행복해한다. 그의 삶 또한 여행과 같다. 차분히 계획하고 준비하며, 예상치 못한 순간들이 흥미롭다. 낯선 경험과 더불어 익숙한 기억들이 반갑다. 창원대학교에서 전자공학을 전공하고 지금은 회화와 공예를 비롯한 예술 활동을 하고 있다. 늘 변화하는 가슴 속에는 아직 표현하지 못한 이야기들이 가득하다. 새벽에 태어난 것일까 싶게 새벽에만 사는 듯했던 그는, 그의 목소리를 들려줄 소중한 시간을 찾고 있다. 그의 이야기는 파르스름한 달빛 아래 피어나는 새하얀 꽃 같다.

떠나는 즐거움, 돌아오는 기쁨

어릴 때 그런 적이 있었다. 지도를 펼쳐놓고 한 곳 한 곳을 짚어가며 그곳으로 떠나는 상상을 하는 일. 누구나 했을 법한 그런 상상은 아마 삶에 지쳐 떠나가려는 마음에 자연스레 피어나는 것일 게다.

해야 할 일들과 가야 할 곳들 속에서 이어지는 매일의 비슷한 일상에서 지쳐갈 때 북적한 일상 가운데 잠시 숨을 돌리려고, 또는 짬나는 시간을 보내려 할 때 잡지를 보거나 신문을 보거나 TV를 보곤 한다. 그러다 어느 부분에 시선을 빼앗긴다.

아직 가본 적 없는 이 나라의 어느 먼 곳에 있는 예쁜 카페, 또 다른 외딴곳에 있는 카페와 숙소와 언덕. 책에서 방송에서 뉴스에서 소개하는 그곳들은 나를 유혹한다.

"아직 이곳에 오지 않았구나."

"너는 가장 중요한 경험을 아직 하지 못한 상태이다."

일상을 벗어나는 모든 순간은 매력적이다. 익숙한 곳을 가는 것만큼이나 새로운 곳을 가보는 것도 좋아한다. 우리나라에 아직 가보지 않은 이렇게 멋진 곳들이 많다는 것에 놀라고 기뻐하며 벅찬 마음이 되곤 한다.

그럴 땐 메모장을 꺼내 그곳의 위치와 함께 내가 매력 있다 생각한 부분들을 적어놓는다. 메모장에 쓰면서 머릿속에서는 이미 그곳에 간 양 이미 그곳의 풍경과 맛에 취한다.

떠나고 싶은 바람을 마음 한편에 넣어 놓고 해야 할 일들을 하며 잊고만 살다가, 어느 날 우연히 오래된 메모장을 펼쳐 보았다. 어딘가의 지명이 쓰여있었다. 그곳에는 한 카페가 있고, 카페의 이름 옆에는 그 카페가 왜 특별한지 이유가 있다. 이럴 땐 가야 한다. 이것은 내가 수 년 전 준비한 오늘의 계획인 것이다. 이제 일정을 조정한다.

\#

가는 길은 쉽지 않았다.

내비게이션을 켜고 안내를 따라 운전을 한다 해도, 사는 곳으로부터 네댓 시간 넘게 떨어진 곳을 가는 것은 힘들었다. 경기도, 경상도, 충청도 등 지역마다 도로들의 느낌도 약간씩 달라서 낯선 곳으로 갈 때면 긴장한다. 특히나 외진 지역으로 향하다 보면 평소 만나는 안내보다 더 낯설고 불친절한 표지판들에 신경이 쓰인다. 내비게이션의 안내가 없었다면 더욱 힘들었겠지만 그렇다고 해서 쉽지는 않았다.

내비게이션이 드디어 1~2km 정도 남았음을 알렸다. 곧 도착한다는 기쁨보다 긴장감이 더 컸다. 남은 구간은 약 1km 이상 정도. 다닥다닥 붙은 오래된 1층 가정집들 사이로 난 길이 좁다. 분명 내비게이션을 보며 안내대로 가고 있지만 불안했다. 이 길이 맞나? 그만 돌아갈까? 그러는 참에 내비게이션이 도착을 알렸다. 하지만 내 눈앞에는 황량한 공터뿐이다. 일단 차를 세우고 공터에 내려섰다. 주변을 둘러보니 그 앞에는 동네와는 어울리지 않는 지나치게 트렌디한 햄버거집만 있었다. 한적하다 못해 황량한 동네와 어울리지 않게 형광색 현란한 간판과 장식이 가득한 그 햄버거집을 보며 나는 낙심했다.

'아, 망했구나.'

그래, 우리나라 맛집은 자주 망하지, 하며 아쉬운 마음에 근처 해변이나 걸을까 했다. 차를 세워둔 공터 옆 계단을 따라 해변으로 내려갔다. 한 계단, 두 계단. 계단을 내려서자 바로 옆에 문이 나타났다. 혹시나 하는 마음으로 조심스레 문을 열어보았다.

끼이익. 비바람을 그대로 맞으며 세월을 보낸 문 손잡이는 소음을 냈다. 하지만 그것 나름대로 좋았다. 문을 열자 놀랍게도 내가 가려 했던 그 카페였다. 주차를 한 공터인 줄 알았던 그 공간이 카페의 옥상이었던 것이다.

#

불과 1, 2분 전까지만 해도 허탈하기 그지없었는데, 그래서 그 허탈함을 바닷바람으로 씻어낼 생각만 했는데, 나는 뜻밖의 성공이 기쁘기만 했다. 메뉴를 주문하러 카운터로 갔다.

약간은 무뚝뚝한 표정의 남자 사장님에게 커피 메뉴를 주문하고, 짙은 갈색 앞치마를 두른 여자 사장님에게 디저트 메뉴를 주문하면서 나는 카페 곳곳을 살펴보았다. 은백색 빛나는 커피머신과 진한 커피 향이 넘치는 데스크, 거친 느낌의 파도처럼 마감된 천장. 내가 스크랩 해둔 모습 그대로였다.

하지만 이 카페를 메모장에 적으면서 카페 이름 옆에 메모해둔 건 따로 있었다.

장미향 가득한 바닐라빈라테와 이름이 기억나지 않는 디

저트 메뉴를 시키고 앉을 자리를 찾았다. 창밖 풍경도 기사에서 봤던 그대로였다. 바로 이 풍경을 보기 위해 이 머나먼 곳으로 온 것이다. 미처 폭풍이 되지 못한 바람이 성질을 부리듯 해변의 검정 바위들에 있는 힘껏 파도를 던지고 있었다. 바깥은 바르게 서서 걷기에도 힘에 부칠 듯한 바람이 부는데, 카페 안은 아늑하기만 했다. 내가 주문한 커피와 다른 손님들이 마시고 있는 음료 향기들이 섞인 공간에서, 거칠고 난폭한 바람과 바다가 서로 다투는 것을 보는 것은 무척이나 신비로운 경험이었다.

카페 내부에는 의외로 손님이 적어 한적했다. '아, 여기는 오기가 너무 힘들어, 풍경이 멋져도 사람이 오지 않는구나'라며 생각했다. 하지만 그 생각은 낮 12시가 넘어가자 바뀌었다. 갑자기 손님들이 우르르 몰려왔다. 빈 테이블은 이제 없고 손님들은 자리가 나기만을 기다렸다. 자리만 살피는 손님도 생겼다. 테이크아웃으로 메뉴를 주문한 후 아예 바람부는 해변으로 가는 손님들도 있었다. 어떤 이들은 사진만 찍고 사라졌다.

나는 풍경을 즐길 만큼 즐겼기 때문에 뷰가 멋진 자리를 양보하고 벽 쪽 조용한 곳으로 옮긴 뒤 생각했다.

'운이 좋았다.'

그랬다. 모르는 곳으로 별탈 없이 온 것도 행운이었고, 좁은 골목길을 마주오는 차 한 대 없이 온 것도 행운이었고, 이렇게 복작하고 예쁜 카페의 손님 드문 한적한 순간을 마주한 것도 행운이었다. 즐겁고, 유쾌했으며 가는 날씨, 도착한 날씨, 카페에서의 날씨가 모두 좋았고, 음료는 향기롭고 맛은 다채로웠다. 좁은 골목길에서도 다툼 한 번 없었고, 땀 한 번 흘리지 않고 지나올 수 있었던 그날, 너무 즐거운 시간이었다. 이렇게 즐거운 시간이 끝나가면 나는 다음 생각에 잡혀버린다.

'어서 집으로 돌아가 쉬고 싶다.'

\#

언제부터였을까, 집에서 떠나는 일이 즐겁지만 떠나자마자부터 집이 그리워졌던 것은. 아마 어릴 적부터 그랬을 것이다. 초등학교 때 3박 4일 캠프에 참가했다. 부모님과 떨어져 지낸 첫 기억이다.

일정은 즐거웠다. 준비도 여행이라고, 캠프 신청을 하고 안내서를 따라 준비물을 챙기는 시간도 즐거웠다. 어떤 곳일까, 어떤 시간일까. 두려움보다 호기심이 더 강렬했다.

가는 길도 즐거웠다. 차창 너머로 보이는 풍경은 낯설고 새로웠다. 스태프들이 준비해준 간식을 먹으며 신이 났다. 인솔 선생님도 친절하고 자상했다. 하지만 버스 안에서 아이들이 들떠있는 동안 나는 집에서 얼마나 멀어지고 있는지를 더 많이 생각했다.

집에서 나온 지 30분 지났으면 돌아가는 시간도 30분. 1시간이 지났으면 돌아가는 길도 1시간. 말수가 적던 나는 캠프를 가는 동안 조용히 창밖을 보며 멀어져가는 집까지의 거리를 세고 있었다. 첫날부터 마지막 날까지 일정에 참가하면서, 그 일정들이 재미있어도 그랬다.

그렇게 캠프 일정을 마치고 집에 도착해 신발을 벗고 바닥을 딛는 순간에야 긴장이 풀렸다. 미처 씻기도 전에 누워야 했다. 집을 떠난 긴장과 불안감에 시달렸던 여덟 살 나의 불안은 익숙한 집의 장판을 딛는 순간에야 해소되었다.

비슷한 경험을 수없이 하면서 생각하게 되었다. 내 안에는 아주 단단하고 질긴 고무줄이 있는 것만 같다고. 이 고무줄의 한쪽 끝은 내 마음에 박혀있다. 또 다른 한쪽 끝은 집에 깊고 단단하게 박혀있다. 고무줄이 당겨지면 마음이 불안하고 의욕이 없어지고 삶이 퇴색된다.

그래서 나는 집에서 멀어지는 만큼 불안하고 집에서 가까운 만큼 안심한다. 친구와 약속을 잡을 때도 30분 거리의 장소에서 시간을 보낼 때, 3시간 거리에서 시간을 보낼 때, 그 거리의 간격만큼 나는 덜 유쾌하다. 그렇지만 집으로부터 멀리서 보낸 시간이 불쾌하거나 힘든 것은 아니다. 먼 만큼 덜 즐겁고 덜 행복하다는 것일 뿐.

아마 내 마음의 일부가 집에 남겨져 있어서, 여행을 떠나며 챙겨간 내 마음의 조각과 집에 두고 온 마음의 조각이 서로를 그리워하며 서로를 당기고 있는 것은 아닐까.

작가의 말

지은호

나의 집은 어디에 있을까?

고민했다. 잠을 자고, 눈을 붙이고, 내 짐이 있는 공간은 있지만 이곳이 진정한 나의 집인가, 스스로에게 물으면 그렇다는 대답이 쉬이 나오지 않는다.

하루하루 바쁜 일상 속에서 어떻게 흘러가는지 미처 되짚어보기도 어려워하며 살아가고 있었다. 그러다 김서령 작가님이 주관하는 에세이 클래스에 참가하게 되었다. 테마는 "집"이었다. 나는 어떤 집을 마음속에 담고 있는가 생각해 보았다. 빛보다 빛나고, 무엇보다 따스한.

세상에 아직 없는 것 같은 나의 집이지만, 나는 이미 온전히 집에 있는 것만 같다. 어딘가 싶은 집에 머무는 마음을 찾아, 그리움을 잉크 삼아 글을 써 보는 시간이었다.

©추상연

#조영수

아버지의 백악관

강원도행 기차에서 소매치기 당한 어머니의 가방 안에 피임약이 들어있었다. 그래서 태어나 치과의사로 40년을 살고 있다. 미술반과 영락교회 성가대 활동이 소중한 자산임을 뒤늦게 깨달았다.

아버지의 백악관

혹시 어린 시절 어떤 사건이 어른이 되어서도 불쑥 떠오른 경험이 있나요? 저는 가족 누구에게도 말하지 않은 비밀이 있습니다. 세 살 남짓 무렵의 일입니다. 아버지는 출근을 했고 어머니는 교회에 갔으니 저 혼자 집에 남았던 날입니다. 건넌방에 낯선 물건이 있었는데 '파고다 성냥'이라고 쓰인 육각성냥이였습니다. 신기한 마음에 성냥개비를 들고 여기저기 건드리는데 갑자기 불씨가 올랐습니다.

깜짝 놀라 저도 모르게 성냥통을 집어던졌는데, 마침 열려 있던 유리창 너머 풀밭에 떨어졌습니다. 다행히 풀밭이 이슬로 축축했던 터라 불씨는 사그라들었습니다. 이제라도 그 일을 고백하고 싶지만, 부모님 두 분이 모두 세상을 떠나셨으니 다시 제 마음에 조용히 담아둡니다. 강원도 장성 석탄공사 사택에서 홀로 지내는 시간이 많았던 제 유년 시절이 그리울 때가 있습니다.

정주와 평양이 고향이신 아버지와 어머니는 해방 이듬해 두 아들을 데리고 삼팔선을 넘어와 6.25 사변, 부산 피난살이, 환도, 산비탈 하꼬방으로 이어진 세월을 보낸 후 평생소원이던 집짓기를 시작했습니다. 아버지는 우선 불광동에 땅을 샀습니다. 불광동 골짜기에 일본 사람들이 패전으로 귀국하면서 소작인들에게 넘겨진 땅이 있었답니다. 소작인들은 자기네 땅이 어디서부터 어디까지인지도 모르더랍니다. 아버지는 그들에게 막걸리 몇 사발을 사주며 땅을 싸게 샀고 공대 출신 큰아들에게 여러 장의 설계도를 그리게 했습니다.

강원도 장성의 석탄공사에서 운영하던 치과에서 근무했던 아버지는 그 시절 알고 지내던 옥순네 아버지가 공사판에서 일했던 경험이 있다는 것을 기억하고 편지를 보냈답니다. 그 편지를 받자마자 어린아이들까지 데리고 지게에 짐을 실어 무작정 청량리 열차에 몸을 싣고 온 옥순네 아버지와 가족은 도착한 날부터 집짓기를 시작했습니다. 없는 형편에 집짓기를 강행하느라 사채를 얻고 은행 대출도 늘게 되자 부모님의 부부싸움이 잦아졌습니다. 골격만 짓고 의장할 돈이 없어, 집 벽이 온통 하얀색이니 동네 사람들은 백악관이라고 별명을 붙였습니다.

돈이 부족해서 2층에 세를 놓았습니다. 노모와 남매 가족이었는데 그 집 막내아들이 '아침이슬'을 작곡한 김민기 씨였습니다. 국민 모두에게 큰 의미가 있는 노래로 오래 남았지요. 당시 중학생이던 저는 지금까지도 뿌듯합니다. 윗집 막내아들이 '아침이슬'의 작곡자라는 걸 알게 된 후 사춘기였던 저는 그분을 닮아보려고 많이 노력했습니다.

하지만 경험도 없이 빠듯한 살림에 일을 벌인 부모님은 빚과 사채로 매일 다툼이 늘어갔고 사춘기 시절의 저는 말수가 줄고, 학교 친구들은 말 없는 아이라 제 별명을 붙였습니다.

결국 가세는 기울고 집은 팔렸습니다. 가족들은 모두 흩어졌고 저는 어머니와 단둘이 살게 되었습니다. 이사 간 집은 어머니에게서 돈을 빌려 간 건설업자 김 씨가 집을 짓다 부도가 나서 골격만 남은 건물이었습니다. 완성하지 못하고 부도가 나서 준공 허가를 받지 못한 채 버려진 벌집 같은 곳이었습니다. 전기도 수도도 없는 집에 살면서 저는 가까운 교회 사택에서 양동이로 물을 날랐고 청계천에서 호롱불을 사서 어머니 뒤를 따라다니며 부엌일을 하는 어머니 옆에서 호롱불을 비추었습니다.

그 집에서 어머니는 겨울을 날 수 없기에 큰형이 사는 싱가포르로 보내고 저는 밤마다 그 집에서 친구들과 술로 추위를 견디며 젊은 객기를 마음껏 부렸습니다. 하지만 너무 추운 날에는 술도 친구도 소용이 없어 다른 친구들 집을 전전했습니다. 가끔 집에 들러 보면 위층에서 얼었다가 녹았다, 를 반복하다 역류한 하수구 잔해로 엉망진창이었습니다. 마치 여러 겹의 토양같았습니다. 그 후로도 어머니와 저는 스무 번 가까이 이삿짐을 쌌습니다.

아버지는 말년에 여러 병원을 전전하시다 고향 집을 꿈속에서 그리며 돌아가셨습니다. 돌아보면 그동안 거쳐온 집들이 참 많았습니다.

이제는 온 세상이 아파트 숲이 되면서 이삿짐센터에서 다 알아서 한다지만, 가게에서 노끈을 사서 땀을 뻘뻘 흘리며 이삿짐을 싸고 구루마를 빌려 끌고 가던 그 시절이 가끔 그립습니다. 아마도 그 시절의 아버지와 어머니 그리고 제 모습이 그리운 것이겠지요.

작가의 말

조영수

고향인 정주와 평양을 평생 그리워한 아버지와 어머니는 서울에서 집 짓기를 하며 고향을 꿈꾸었을지 모릅니다. 목사였던 할아버지가 물가에 내놓은 아이 같다며 걱정했던 아버지는 남한에서는 평생 마음 편안한 당신 고향을 만들지 못하고 떠돌아다니는 삶을 살았습니다.

치과의사로 살면서도 평생 방황하는 철없는 남편을 대신하여 오남매를 키우는 일은 평양의 메리야스 공장 딸로 유복하게 자라 이화여대 가사과를 졸업한 어머니의 몫이었습니다.

서울에서 모두 학교를 다니던 두 형과 두 누나와 달리 저는 강원도 장성에서 태어났습니다. 장성 사택에서 홀로 보냈던 시간이 문득 떠오를 때가 많아 몇 해 전 찾아가 보았지만 옛 모습이 온전히 남아 있지는 않았습니다.

서울로 이사 와 아버지가 처음으로 지었던 불광동 집은 2층으로 지어진 것이었지만 화장실이 아래층에 하나밖에 없을 만큼 무계획적으로 지었던 곳입니다. 그래도 제가 서울에 와서 학교 생활을 한 여러 추억이 있는 공간입니다.

치과의사로 살면서 아버지의 삶과 인생이 이해가 되기도 합니다. 이제 아버지의 나이로 향해 가는 삶의 언덕에서 아버지가 처음 지은 집을 떠올리며 내 인생의 집을 어떻게 마무리할지 한 번 더 고민하게 되는 시간이 되었습니다. 아버지의 백악관이 그리운 오늘입니다.

#정현이

세 개의 집

그림 그리는 사람을 동경하다 그림 그리는 사람이 되었다. 동양화를 전공했고 나뭇잎과 자연물을 그리며 삶의 본질에 대해 알아가고 있다. 글 쓰는 사람을 동경하여 글 짓는 일에 다가섰다. 표현하는 도구만 다를 뿐 그림이나 글로 마음을 전하는 것은 같다. 그림 그리던 마음으로 글을 쓰며 내 마음의 집을 지어나가고 있다.

세 개의 집

만나는 사람마다 집이란 무엇인지 물어보았다. 대부분 편안한 안식처라고 대답을 했다. 그런데 나에게 집은 그저 편안한 안식처이자 쉼이 되는 곳만이 아니다. 집은 그 자체로 나의 역사가 되기도 하고 정체성을 갖게 하고 내가 가진 다양한 역할들을 수행하는 곳이기도 하다. 물리적 공간이지만 그 안에 사는 사람의 마음이 그대로 드러나 공간과 마음이 하나로 만나게 되는 곳이 집이다.

결혼을 하고 독립을 한 후 아무것도 없는 텅 빈 곳에 나의 쓸모와 취향이 담긴 살림살이를 고민하고 들이며 나는 이전까지 몰랐던 나에 대해 알 수 있었다. 나는 비싼 물건 하나보다 싼 물건 여러 개를 더 좋아하고 용도와 쓰임에 따라 물건들이 다 갖추어진 것을 좋아하고 취향보다는 가격이 우선인 맥시멀리스트였다.

그래서 지금 네 식구가 함께 사는 집에는 짐이 많다. 좁은 집에 나의 짐 너의 짐 할 것 없이 꽉꽉 들어차서 나는 언제 큰 집으로 이사를 가나 매일같이 생각한다. 그런데 큰 집으로 이사하면 짐이 줄어들까? 맥시멀리스트를 지향하는 나에게는 아마 큰 집도 금세 꽉꽉 채워지겠지. 그렇다고 해도 이 집에 짐이 이렇게까지 많은 이유는 세 개의 집이 하나로 합쳐졌기 때문이다. 한 집 살림도 힘든데 왜 나는 세 개의 집을 만들어야 했을까?

지금의 꽉 찬 집에 들어오기 전 나에겐 세 개의 집이 있었다. 아이를 낳고 남편의 회사 근처로 정착한 우리의 첫 집이었던 이천집, 고향에 대한 향수병과 나의 로망을 이루기 위해 잠시 살았던 서울집 그리고 나의 휴식처이자 꿈인 작업실까지. 이 세 곳을 2년여 동안 오가며 맥시멀리스트답게 살림살이를 많이도 늘렸다.

남편의 회사와 가깝던 이천집은 우리가 살던 집 중에 가장 넓었고 마음조차 가장 부유하고 여유로웠던 곳이었다. 아이 둘을 낳고 이런 게 평화고 행복이구나 우리 가족이 완성되었구나, 를 느끼게 해주던 곳이었다.

혼자 학비를 벌며 미술대학과 대학원을 다니던 나는 시간을 쪼개 돈 버는 일을 하며 그림을 그리고 공부를 했다. 걸어다녔던 기억이 별로 없을 만큼 늘 뛰어다녔는데 그런 순간이 힘들다기보다 그림을 그리고 공부를 할 수 있는 나를 위한 시간이어서 마냥 좋았다. 겉은 치열하고 가난했지만 마음만은 정말 행복했다.

그렇게 살다가 갑자기 결혼과 출산으로 더 이상 일을 하지 못하고 치열한 삶에서 멀어졌다. 나보다 누군가를 위해 사는 삶이 익숙하지 않았던 나는 아는 사람 하나 없는 곳에서 남편만 바라보며 아이를 키우면서 사는 게 평온하면서도 마음 한편으로는 내가 지금 어디에 있나 자문할 정도로 낯설고 고요한 호수에 작은 돌멩이 하나로도 파문이 일 듯 평온이 깨질까봐 불안했다.

불안을 가지고 있어서였을까? 평온하던 우리의 일상은 정말로 깨졌다. 막 기어보려는 둘째의 몸 움직임이 이상해서 택시를 대절해 분당의 대학병원에 가보니 고관절에 이상이 있었다. 기기를 시작하던 아기에게 개구리 자세처럼 다리를 M자로 잡아주는 교정기를 끼워 몸을 고정한 다음 다시 이천으로 돌아왔다. 엄마 잘못이 아니라는 택시기사님의 말도 몸이 더 아픈 아이들도 많다는 말도 위로가 되지 않았다. 몸을 고정하는 교정기를 끼어도 불안했던 나는 자는 시간 빼고 늘 아이를 안고 업고 있었다. 아이의 상태와 제대로 걸을 수 있을지 미래에 대한 걱정과 불안이 우리의 평화를 깼다. 일상이 달라졌다. M자 자세 유지가 교정기만으로는 불안했기에 아이를 계속 안고 업다가 화장실에 가는 시간마저 아까워 참다 보니 내 건강도 이상이 생겼다.

나의 모든 일상은 또다시 달라졌는데 남편의 일상은 크게 달라지지 않았다. 바쁜 남편은 힘든 우리의 일상에서 비껴간 듯했고 나만큼 불안해하지도 않았다. 남편과 나는 다른 집에 사는 것 같았다. 나 혼자 짊어져야 하는 엄마라는 책임감도 버거웠고 아이가 잘 걸을 수 있을지 없을지 모를 불안감에 떨었다. 내 몸과 마음도 지쳐갔다. 자꾸 여기가 어딘지 내가 누군지 다시 돌아가고 싶었다. 결혼 전의 내가 그리웠다.

이천집은 나보다 남편과 아이를 위한 곳으로 차곡차곡 쌓아올리던 집이었다. 나를 위한 안식처보다 가족들을 위한 쉼터가 되던 이천집은 그렇게 흔들리고 있었다. 집이 무너지기 전에 도망을 가야 했다.

일을 핑계 삼아 나의 힘듦을 숨기고 서울에 집을 구해 서울집으로 아이들을 데리고 떠났다. 24시간 하던 교정기는 밤에 잘 때만 하다가 2년여 만에 뺐다. 매달 다니던 아이의 병원도 1년에 한 번씩 다니게 되었다. 아픔과 힘듦은 다 털어버리고 주말부부인 듯 아닌 듯 서울과 이천을 오가는 서울의 집은 별장 같은 곳이었다. 꿈에 그리던 세컨하우스. 익숙하지만 낯선 곳에서, 새로이 나의 로망을 담은 집에서 여행자처럼 이방인인 듯 2년을 살았다. 결혼하기 전까지 30년을 넘게 서울에서 살았는데 이천에서 살다 왔다는 이유로 나는 이천 사람이라는 아이러니한 타이틀을 얻었다. 무에서 유를 창조하듯 아무것도 없던 집에 살림살이들을 채워 넣었다. 준중형차 한 대 분량의 짐으로 시작해 이사를 나올 땐 5톤 트럭을 또 꽉꽉 채울 수 있을 정도였다. 소꿉놀이하듯 생활에 필요한 물건들을 샀다. 이천집에서는 밥솥조차 엄마 취향의 혼수들이 많았는데 이곳에서는 온전한 내 취향으로 잃어버린 나를 채우듯 채워나갔다. 새로 산 3인용 밥솥을 소중히 안고 마을버스를 타고 집에 오는 길이 괜스레 즐거웠다.

혼자서 육아와 생활을 감당해야 하는 서울집에서의 날들은 결혼하기 전처럼 다시 치열한 생활의 연속이었다. 결혼 전 혼자일 때도 정신없이 바빴는데 아이 둘을 키우며 그림을 그리고 공부를 하고 일을 하려니 아련한 옛 기억을 더듬으며 진한 추억에 빠질 새도 없었다. 이천에서 내가 그리워하던 서울은 예전의 서울도 아니었다. 아이 둘을 데리고 출근 시간에는 대중교통을 이용할 수 없는 곳, 그야말로 교통지옥이었다. 결혼으로 뿔뿔이 흩어진 친구들은 시간을 따로 내서 만나기 힘들었다. 추억의 장소조차 가볼 시간이 없었다. 이천보다 집값이 비싸서 그런 건지 경제적으로도 나를 포함해 다들 팍팍해 보였다. 그 속에서 현실감각이 생겨났고 절약하며 사는 삶을 배웠다.

손대면 다시 닿을 것 같던 기억들이, 다시 돌아갈 수 있을 것만 같았던 시간이 서서히 멀어져 돌아갈 수 없음을 알게 해준 곳도 서울집이었다. 혼자 집 밖으로 나서면 달라진 나의 몸에도 불구하고 어린 내가 있는 듯했지만, 다시 집으로 돌아오면 현실을 일깨워주듯 아이들과 달라진 나의 역할들이 나를 맞이했다. 그러면서 내가 사랑했던 어린 날의 내가 있던 곳, 20대의 내 모습들은 기억 속에서만 스쳐 지나갔다. 서울에서의 나는 과거의 나와 서서히 이별했다. 이천에서 그리움에 젖어 살던 서울에 대한 향수병도 현실을 깨달으며 서서히 사라졌다.

서울집에서의 나는 현실을 받아들이며 엄마와 아내라는 새로운 역할에 맞는 나, 가족을 위해 살아가야 하는 나를 구축해 나아갔다. 아이들과 서울살이는 과거를 정리하고 현재를 잘 살아가기 위한 나에게 꼭 필요한 경험이 되었다.

마지막 한 집은 나의 대학원 작업실이다. 서울에 온 목적

중 하나는 다시 그림을 그리고 싶어서였다. 내 그림을 그렸던 시간보다 생활을 위해 미술 교과를 가르쳤던 시간이 많았던 지라 작가의 삶을 다시 꿈꾸었다. 아이들을 어린이집에 보내고 나면 나는 아이스 카페라테 한 잔과 함께 작업실로 직행했다. 마지막 학기에는 수업도 없었고 다른 학우들도 나오지 않아 그 작업실은 매일 나 혼자 쓰고 있었다. 본격적인 작업에 들어가기 전 한 시간쯤 정리하고 물을 갈고 워밍업을 한 시간쯤 하고 나면 아이들을 데리러 가기 전까지 꼬박 대여섯 시간 동안 그림을 그렸다. 밥 먹는 시간조차 아까웠고 화판과 물감과 붓밖에 없던 곳, 다른 집들과 다르게 목적이 분명하고 단순한 곳 미래를 꿈꾸는 곳 그리고 내 마음이 가장 편안했던 곳이었다. 다들 집을 생각하면 편안한 안식처를 떠올렸던 것처럼 나는 작업실이 집처럼 편안했다. 가장 나다운 곳, 나 같은 곳, 나만 있는 곳, 나의 시간을 아우르는 그런 곳이었다.

그렇게 2년여 동안 세 개의 공간이 우리 가족의 역사에 남았다. 이천집은 나의 변화가 가장 컸던 곳이었다. 또 한 편으로는 가장 공허했고, 알 수 없는 미래에 대한 불안의 공기로 가득한 곳이기도 했다. 그곳에선 지나온 모든 것이 손대면 다시 닿을 것 같은 느낌에 뒤돌아 가고 싶었고 늘 지나온 시간이 그리웠고 달라진 내가 어색했다. 현실조차 꿈을 꾸듯 사는 날이 이어졌다. 아이가 몸이 좋지 않자 매일의 순간이 힘들었다. 미래의 불안함에 익숙한 과거로 마냥 돌아가고 싶었다. 현재보다는 과거의 내 모습을 그리워하던 혼란스러운 내가 있던 곳이었다.

서울집은 과거를 추억하던 내 뒤통수를 치며 현실을 일깨우고 정신 차리게 했던 곳이었다. 산속의 서울집은 봄이면 매화꽃이 흐드러지게 피었고 가을이면 작은 감나무에 주렁주렁 열린 귀여운 감이 있었고 겨울이면 눈 내린 숲속을 거실에서 바라보았다. 사는 건 별것 아니구나. 계절에 따라 같은 풍경도 자연스럽게 달라지듯 달라질 수 있는 것이었구나. 달라지고 변한 내가 어색해 달라지기 싫다고 변하지 않을 거라고 고집스레 잡고 있던 생각들을 놓아줄 수 있었다.

세 집 중에 작업실을 정리하는 것이 제일 아쉬웠다. 오랫동안 꿈을 그리는 자는 그 꿈을 닮아간다는 앙드레 말로의 말처럼 다시 작가의 삶을 꿈꿀 수 있게 해준 곳이었다. 이천집에서의 미래는 늘 불안했는데 이곳에서의 미래는 결의에 찼다. 이천집에서의 미래는 내 손과 나의 노력으로 어찌할 수 없는 부분들에 대한 불안함이었다면 서울집에서의 미래는 나의 노력과 의지가 작용할 수 있으니까 불안함의 차원이 달랐다.

주말부부를 하고 동시에 세 집 살이를 하며 사는 건 쉽지 않은 일이었고 어린아이들에게 미안한 일이기도 했지만 그 세 개의 집에서 아내와 엄마가 된 나, 온전한 나로서의 나를 바라보고 흔들렸던 나의 집을 다시 세워나갔다. 쓰러진 것은 일으켜 세웠고 흔들리는 곳에 지지대를 받쳐주었다. 어지른 공간은 깨끗하게 치웠다. 세 곳의 집을 정리하면서 과거의 나도 정리를 하고 보내주었다. 순식간에 달라진 나의 일상에 적응하지 못하며 잡고 있던 나의 어리고 예뻤던 10대와 20대의 시간에 안녕을 고했다. 잘 컸고 잘살아주어 고맙다. 앞으로도 잘살길, 어른다운 어른으로 살아가길. 어디에서나 오래오래 좋은 작업을 하길 바란다. 대학원 생활과 일을 마무리하며 하나둘셋 마지막 집까지 정리를 마쳤다.

나는 불안하게 흔들리던 이천집으로 다시 돌아갈 생각이 없었다. 서울집은 잠시 살았던 것으로 만족했다. 작업실은 얻을 수 없었다. 아이가 초등학교에 들어가며 우리는 남편의 출퇴근이 가능하고 같이 살 수 있는 분당에 터를 잡았다. 가족 구성원들을 다 만족시킬 수 있게 나름의 타협을 한 곳이기도 했다.

세 집이 하나로 합쳐진 지금의 집에선 방, 거실, 베란다 할 것 없이 짐으로 꽉꽉 차 답답하기도 하고 움직일 수 있는 공간이 부족하다. 많이 버리고 비워냈는데도 그렇다. 작업실도 없어서 방 한구석에서 나의 작업 혼을 불태우기도 하고 온전히 나로 돌아가기도 한다. 아이들과 남편을 챙기고 청소하고 밥을 하며 내일 뭐 먹을지 걱정하는 현실이 이제는 익숙하다. 이제 집은 나의 과거와 현재 그리고 미래가 섞여 나라는 사람을 이뤄가는 곳임을 안다.

어릴 때 나에게 집이란 학교나 일을 마치고 돌아와 그저 오로지 지쳐 자던 곳, 쉬던 곳이었다. 하지만 아이들을 키우는 지금 집이란 일터이다. 학교와 직장에서 돌아온 가족들에게 이야기를 나누고 음식을 차려주고 청소를 하고 쉼 없이 움직여 남은 가족들에게 편안한 안식처를 제공하며 방구석에서 작업을 이어나간다. 편안하고 포근한 곳, 뒹굴뒹굴하며 쉴 수 있는 아늑한 곳, 그곳이 서울이든 이천이든 지금 분당이듯 아이들에겐 사실 상관이 없었다. 어디에 있든지 그 집이 곧 나였으니까. 세 곳의 집을 정리하고 다시 우리 가족이 모여 시작한 이 집에서 나는 편안한 안식처를 마련해 주는 이가 되려고 한다.

작가의 말

정현이

붓 한 번 대는 것 만큼 글 한 줄 쓰기가 얼마나 어려운지 새삼 느꼈다. 단어 한 자, 글 한 줄에 진심을 담으려 했다. 재미있고 흥미진진한 글은 아니다. 자기 고백 또는 고해 성사에 가깝다. 늘 누군가를 이해해야 했던 나는, 세 개의 집에 대한 이유를 이야기하고 그래, 그럴 수 있어,라고 공감받고 싶었다.

세 개의 집에서 집은 물리적 공간을 말하는 동시에 심리적 공간을 뜻하는 내면의 집이기도 하다. 세 개의 집은 결혼을 하고 두 아이의 엄마가 된 스스로의 모습에 적응하지 못하고 헤매던 내가 정체성을 찾아 다시 나의 집을 만들어가는 이야기다. 나라는 존재는 사라진 채 책임감의 무게에 현재의 불안정한 삶을 후회하며 과거로 돌아가고 싶어하는 마음에서 비롯된 향수병. 그리고 잃어버린 나의 모습과 꿈을 세 개의 집을 통해 삶을 다시 돌아보며 고쳐 나간다. 흔들리고 무너지지 않기 위해 나누었던 집들을 새로운 다시 하나의 집으로 합치며 40대가 된 나와 삶의 무게를 받아들이며 나를 스스로 세워 가겠다는 결의에 관한 글이기도 하다.

나는 삶의 본질이란 무엇인지 자신을 이루고 지켜주는 자기 철학에 관한 그림을 그리는 작업을 한다. 멀리서 보면 희극, 가까이서 보면 비극이라는 찰리 채플린의 말처럼 아무리 나의 삶이라도 가까이 들여다보고 다 알게 되는 것은 힘든 일이다. 세 개의 집으로 나의 과거와 현재 그리고 미래를 바라보는 것이 쉬운 일은 아니었지만 그 덕분에 집을 짓는 기초를 단단히 세울 수 있었다.

10대, 20대에 어른이 되는 가치관이 잘 정착한 마음이 단단하고 자신의 집이 올바르게 세워진 사람이나 원가족과 새가족의 사랑과 응원, 격려를 받으며 결혼과 육아를 한 사람이라면 이 이야기가 와닿지 않을 것 같다. 내가 새로운 역할과 삶에 헤맸던 이유는 제대로 된 굳건한 마음의 집이 없었기 때문이다. 튼튼한 마음의 집을 못 지어 아내와 엄마로 살아가는 일이 버거웠고 책임의 무게에 힘들었다. 이제 누군가를 탓하고 흔들리는 대신 잘 버텨서 이렇게 나의 집을 잘 고치고 세우는 나를 대견해 할 것이다. 그리고 나와 비슷한 사람들에게 내면의 집이 흔들리고 무너진 곳이 있다면 피하지 말고 망가진 근원을 찾아 고쳐서 다시 세우면 된다는 말을 하고 싶다. 집은 그렇게 다시 지으면 된다.

세 개의 집으로 나누어 사는 동안 아빠와 물리적 거리를 두고 살게 해 아이들에게 많이 미안했다. 서울에 살며 여행하듯 모험을 펼치듯 재미있는 일들이 많았고 신나게 지내주어 고마웠다. 엄마보다 마음의 집이 단단한 아이들 덕분에 이만큼 잘 지낼 수 있었다. 나의 집에 함께 하는 나의 사람들에게 서로에게 안식처가 되어줄 수 있음에 고마운 마음을 전한다.

©추상연

#허윤정

나에게 집이란

대학교 내내 아르바이트를 했고 졸업과 동시에 취업해서 출산휴가 외에는 쉼표 없이 살았다. 시민사회단체, 국회, 공공기관, 대학까지 다양한 곳에서 일했지만, 엄마라는 일이 제일 어렵고 귀하다는 사실이 항상 새롭다.

나에게 집이란

"집에 가고 싶다."

"너 집에서 나온 지 1분 지났거든?"

학교 가는 셔틀버스를 놓친 두 딸을 데려다주기 위해 출발하던 순간 큰딸과 주고받은 말이다. 작은딸도 질세라 "집에 가고 싶다" 중얼거린다.

"우리 딸들이 모두 정상이네. 학교에 가고 싶은 학생이 어디 있니? 엄마도 어릴 때 학교 가기 싫은 적이 많았는데."

이런저런 이야기를 주고받으며 학교 정문에 도착하자 딸들은 무거운 가방을 끌다시피 하며 걸어갔다.

고등학교 3학년과 1학년인 두 딸에게 집은 무엇일까? 입에 "집에 가고 싶다"를 달고 사는 두 딸에게 집은 어떤 공간일까? 학교에서 야간자율학습을 마치고 돌아오면 마냥 쉬고 싶고, 마냥 쉴 수 있는 그런 공간이 집일까? 그럼, 나에게 집이란 어떤 의미일까? 일을 마치고 돌아오면 맘 편히 쉴 수만 있는 그런 공간은 아니다. 퇴근 후에 현관을 열고 들어오는 순간 강아지 방울이 배변패드를 치우는 일부터 시작해 다시 집으로의 출근이다. 씻을 틈 없이 식사를 준비하고 정리 정돈을 마치고 손과 발은 세탁기를 돌리고 넣어둔 빨래를 개고 청소와 정돈 그리고 식사 후에 설거지까지 모두 마치고 나면 그제야 씻을 수 있는 틈이 난다. 잠시 씻고 앉으려니 두 딸이 야간자율학습에서 돌아오는 10시 10분 전. 다시 열쇠를 챙겨 픽업하러 떠난다. 두 딸은 지친 듯 차에 타는 순간부터 긴장 상태가 시작된다. 차에서만이라도 잠시 쉬고 싶은 큰딸은 조용한 시간을 원하고, 늘 엄마와 이야기가 고픈 막내딸은 쉬지 않고 학교 이야기를 하다가 결국 언니와 사소한 감정싸움으로 끝나고 만다. 하교하는 짧은 시간 동안의 일상이라 나는 큰딸 편도 막내 편도 들지 못하고 눈치만 보면서 운전만 하며 돌아올 뿐이다. 그때를 기다렸다는 듯 막내딸이 학교에서 있었던 이야기보따리를 풀어 놓는다. 엄마가 집중해서 들어야 꼭 말이 풀린다는 듯 두 눈을 맞추고 두 손을 잡고 엄마가 어디 가지 못하게 자기 방으로 이끈다. 행복하고 고단한 막내딸과의 대화가 끝나는 시간은 대략 11시 반. 두 딸의 텀블러는 씻어 두고 아이들 세탁물을 세탁기에 던져두고 아이들이 내일 입을 옷들을 다림질해 방에 가져다주고 나니 12시가 되어 간다. '아 나도 어제 사둔 책을 좀 읽어야겠다' 생각하면서 거실 테이블에 차 한잔 두고 앉으니 12시가 넘었다. 읽고 자료도 정리하고 시간을 확인하니 오늘도 새벽 1시가 훌쩍 넘었네.

가끔 돌아가신 엄마 생각이 나면 두 딸을 향해 "엄마는 고아야!"를 외친다. 그러면 딸들은 어이없다는 듯 무심하게 반응한다. 환갑도 지내지 못하고 돌아가신 아빠와 6년간 루게릭으로 투병하다 돌아가신 엄마를, 아빠가 먼저 자리잡은 아빠의 고향 선산에 함께 모신 것이 2016년이다. 그 이전에는 땅끝마을을 지나 한참 더 가야 하는 아빠의 고향 완도에 다녀갈 일이 거의 없었다. 엄마 아빠를 함께 모신 뒤로 나는 일부러 시간을 내어 완도의 선산에 가곤 했다. 엄마 아빠 선산에서 한동안 혼자 수다를 떨면 어느 순간 그곳이 집 같았고 마음이 편해졌다. 높지 않은 산을 뒤로하고 앞에는 바다가 마주 보이는 엄마 아빠의 산소에 다녀오는 길은 마음이 편안하기만 했다. 그 순간만큼은 그곳이 집이었고 쉼터였다. 하지만 어느새 나에게 집은 일터에서 돌아와 다시 출근하는 다른 일터였고, 그런 일터에서 나는 딸들에게 집이 되었고 쉼이 되었다.

어릴 적 우리 집에는 큰 마당이 있었다. 꽃밭이 컸고 마루 끝 난간에는 제비가 집을 지었다. 아빠가 커다란 텐트를 사 온 날, 나와 형제들과 흥분을 감추지 못해 마당에 텐트를 치겠다고 고집을 부렸다. 결국 마당에 텐트를 치고 잠을 자다가 새벽녘 소나기를 맞고야 어쩔 수 없이 방으로 돌아갔다. 그랬던 내가 어느새 어른이 되어 엄마가 되었고, 아파트에 사는 우리 가족은 마당에 텐트를 칠 행운을 모르고 산다.

여름날 텐트를 치고 잠을 자다 새벽 물벼락을 맞았던 그 마당 있던 집. 엄마가 손수 벽돌을 고르고 인테리어까지 하나하나 신경 썼던 우리 집은 친척의 빚보증을 섰다가 빨간 딱지들이 붙었다. 그 집이 경매로 사라지던 날, 황급히 이사를 간 집은 월세였다. 월세가 어떤 의미인지 몰랐던 어린 나는 마지막까지 이삿짐에 싣고 싶었던 피아노를 버려야 했던 기억만 아슴푸레 남았다.

달라진 집에서 엄마는 일을 찾기 시작했고, 학교에서 돌아오면 엄마가 없는 날이 많아졌다. 몸이 약한 엄마는 일 때문에 바깥에서 보내는 시간이 많아졌고, 자연스럽게 집안일과 동생을 돌보는 시간이 늘어난 나는 집이 싫어졌다. 집안일을 하고 동생을 챙긴다는 건 무거운 짐이었다. 터울이 많이 나는 어린 동생과 놀아주는 일이 때로 귀찮고 힘들었지만 그렇다고 어린 동생을 모른 체할 만큼은 아니었다. 언제부터인가 나에게 집은 의무감이었다. 집이 일터로 느껴지기 시작했던 것이다.

시간이 지나 결혼을 하며 새로운 우리 집이 생겼다. 집이라는 공간이 아이들에게 어떤 곳이 되어야 하는지 잘 알고 있는 나는 바람이 많다. 엄마가 지어준 밥을 먹는 공간, 어느 때나 돌아오면 쉴 수 있는 공간. 그런 곳으로 만들고 싶었다. 그러다 보니 아이들은 어린 시절 유난스럽게 집밥을 고집했고, 심지어 영화를 보러 나갔다가도 밥을 먹기 위해 집으로 돌아오는 날이 있을 정도였다.

직장생활을 하며 두 아이를 키웠으니 집에 일하는 사람을 들여도 되건만 나는 그것만큼은 이상하게 내키지 않았다. 마당 넓은 집에 살던 어린 시절, 몸이 아픈 엄마를 대신해 일하는 언니가 함께 산 적이 있다. 덩치가 큰 경희 언니였는데, 엄마와 아빠가 있을 때는 나와 동생들을 살뜰하게 챙기는 척하다가 막상 아빠가 출근하고 엄마가 외출을 하면 항상 마루에서 낮잠을 자고 나에게 집안일과 청소를 시켰다. 엄마에게 말하면 나중에 혼내준다고 윽박질렀다. 마음이 약했던 나는 그런 언니의 협박이 두려워 입을 다물었다. 일하는 분을 들이지 못하는 것도 아마 그때의 기억이 남아서일 것이다.

이제 고등학생이 되어버린 딸들은 집밥에 대한 애정 따위는 다 잊고 배달음식도 자유롭게 시켜 먹으며 산다. 그렇게 유난 떨면서 키우지 않았어도 되는데, 하는 마음이 들기도 한다. 이제 쉰을 훌쩍 넘긴 나는 나에게 집이란 어떤 공간이었는지, 그리고 앞으로는 어떤 공간이 될는지 되돌아보곤 한다. 이제 두 딸에게 집안일도 공유하고 함께 사는 공간에서 같이 나누어야 하는 일들을 의논하고 살아야겠다. 무엇보다 집 안에서 주방이 아닌 나만의 작업 공간을 확보하고 그곳에서만큼은 쉼과 여유를 만드는 곳으로 집의 한편을 꾸며야겠다는 생각도 한다. 앞으로 엄마가 될 딸들에게 집에서 어떻게 쉼을 누리는지, 그리고 가족과 집안일을 어떻게 공유하는지 그래서 엄마라는 직업 때문에 일터로 출근하고 집으로도 다시 출근하는 그런 삶과 단절하는 법을 가르쳐야겠다고 또 다짐해 본다.

작가의 말

허윤정

설거지를 하는 등짝에 내 키보다 더 큰 딸아이가 붙어서 수다를 떤다. 막내딸은 질세라 안아달라고 두팔을 퍼덕인다. 고등학생 딸들과 보내는 일상이라고 누가 상상할 수 있을까?

결혼한 이듬해, 서른여섯 나이에 첫딸을 1.5kg으로 낳았다. 임신중독증이었다. 신생아중환자실에서 석 달을 보낸 후 퇴원하니 출산휴가가 끝나 있었다. 첫아이를 응급수술로 낳아야 하는 상황에서 많은 생각이 들었다. 모든 것을 새롭게 시작하고 싶어 열흘을 단식한 후 아이를 가진 일부터 요가로 몸을 다지며 온갖 노력을 기울였지만 자연분만은 불가능했다. 오로지 아이를 건강하게만 출산하게 해주신다면 아무 욕심 없이 몸과 마음이 건강한 아이로 키우겠다고 기도했다.

첫아이가 임신중독이면 둘째 역시 거의 임신중독이라는데 꼭 둘째를 가져야 하느냐고, 손이 귀한 집안인지 담당 의사가 궁금해했다. 남편은 오남매의 막내다. 내 건강이 염려되었지만 첫째를 혼자 키우는 선택은 하고 싶지 않았다. 예외 없이 둘째 때도 임신중독증이었고, 그래도 경험이 있었다고 병원에 입원하여 배 속에서 열흘을 더 버텨 1.8kg으로 무사히 수술을 마쳤다. 두 딸을 낳으며 생각한, 건강하게만 키우겠다는 약속을 지키고 싶었다. 딸들은 10년 이상 태권도를 배우며 3품, 4품으로 여전히 수련 중이다.

부모가 줄수 있는것은 "건강하게 스스로 몸을 관리할 수 있는 습관"뿐이라 믿으며, 공부는 매일 하지 않아도 되지만 운동은 매일 하라고 한 덕분에 다행히 아이들 모두 운동을 좋아하고 즐긴다. 사회 생활을 해보니 실력은 어느 순간 수렴하는데 "남녀 격차는 체력과 멘탈에서 오는 경우가 많다"고 아이들에게 이야기한다.

이제 인생 전반기를 돌아 후반기를 살게되는 시점에서 딸들에게 "지구는 나를 중심으로 돌아가는 별이다. 네가 좋은 것, 네가 하고 싶은 것, 네가 먹고 싶은 것, 네가 가고 싶은 것을 선택하고 미루지 말아라. 엄마도 그렇게 살려고 한다"고 말한다. 일터에서 돌아와 다시 일터로 출근하는 엄마의 모습이 아니라 집에서 딸들과 쉬고 책 읽고 재충전하고 집안일도 공유하거나 아웃소싱하는 새출발의 기회가 되는 글쓰기가 되었다.

#강경원

다시 집으로

오늘 같은 날엔 사치를 부려보고 싶다. 비싼 옷과 액세서리로 꾸미고 도심 한복판 어느 카페에 앉아 흔들리는 풍경을 바라보고 싶다. 시간보다 5분 빠르게 도착한 그대와의 인사는 특별할 것 없는 미소였으면 좋겠다. 요즘 유행한다는 부캐 만들기에 적극 참여하고 있다. 그림을 그려 전시를 했고 글을 써 출간도 하게 되었다. 이 글을 읽을 당신이 5분 빨리 도착한 그대가 되어주면 좋겠다. 어떤 이유에서든 서로의 옷깃이 스쳤으니 서로에게 나쁘지 않은 인연으로 남을 수 있기를 바라며.

다시 집으로

#경계

늦은 시간, 평소 다니지 않던 길을 걸어 집으로 향했다. 자주 보던 것과는 다른 풍경을 가진 길이었고 조금은 돌아가야 해 번거로웠지만 웅장한 나무숲과 어두운 밤에도 눈부시게 반짝이는 길을 걷는 시간은 무엇과도 바꾸고 싶지 않았다.

#집으로

꿈과 현실을 구분할 수 없을 만큼 반짝이는 길을 지나 도착한 곳. 희뿌연 연기가 걷히고 나서야 연기 속 가려져 있던 붉고 푸르스름한 불기둥이 눈에 들어왔다. 다가갈 수 없을 만큼 거센 불길은 마을 중간 홀로 서 있는 나의 집을 태우고 있었고.

이미 반 이상 형체를 알아볼 수 없을 만큼 검게 타버린 상태였지만 불길을 잡을 수 있을 만한 건 아무것도 눈에 보이지 않았다. 불길은 점점 더 강해지며 나를 위협하기 시작했지만 그 불 속에 어렴풋이 보이는 형체가 있었다. 사람이었다. 부부 같았다. 서로를 감싸 안고 아무 일 없다는 듯 편한 모습으로 잠들어 있었다. 그대로 두면 큰일이 나겠다는 생각에 서둘러 잡아끌려 하자 잠들어 있던 아내가 깨어났다.

소리 없이 눈을 떠 나를 바라보는 사람.

"엄마!"

눈이 마주치고 나서야 알 수 있었다. 불 속에 누워 곤히 잠들어 있던 사람이 나의 엄마와 아빠였다는 걸. 이미 늦었다는 것도. 불 속에서 빼낼 수 있는 시간이 없다는 것도 느낄 수 있었다.

"엄마, 날 다시 낳아줘."

"나, 다시 엄마 아들로 태어날 수 있게 해줘."

대화를 나눌 시간이 턱없이 부족하다는 걸 알기에, 가장 하고 싶은 마음속 마음을 꺼냈다. 내 말을 들은 엄마는 아빠를 바라보았고 아빠도 눈을 떠 엄마가 볼 수 있게 고개를 끄덕였다.

"우리 다시 만나자."

다시 태어나 지금과 1초도 다르지 않은 똑같은 삶을 산다고 해도 한 번 더 함께하자는 대답이었다.

"그래, 아들. 걱정하지 말고 기다려. 다시 만나자."

엄마의 대답이 끝나기 무섭게 불길은 거세져 흔적도 없이 둘을 태웠고 이내 나에게 덤벼들었다. 하지만 다시 만나자는 약속을 해서일까, 나는 하나도 두렵지 않았다.

"우리 다시 만날 거죠?"

"그땐 내가 더 잘할게요."

더욱 거세진 불길은 나의 손끝과 코끝을 잠시 간지럽히다 남김없이 나를 태워 없앴다. 나는 사라졌다.

다시 있을 리 없는 시간. 다시 있다 해도 기억하지 못할 시간.

어쩌면 여러 번 반복된 생을 살았지만 지키지 못한 약속.

다음엔 지킬 수 있을까? 불에 탄 나는 재로도 남지 못했지만 미련은 메아리처럼 자리를 맴돌았다.

"그땐 내가 더 잘할게요."

"그땐 내가 더 잘할게요."

#날파리

"지금 밥 먹을 거니?"

"밥 얼마큼 뜰까?"

엄마의 목소리. 치익치익 압력솥 김 빠지는 소리와 된장찌개 냄새에 눈을 뜬 아침.

"조금만 주세요."

거실로 이동해 시간을 확인했다. 6시 47분이었지만 가장 빠른 초침 하나는 반 이상을 돌아 다른 바늘 두 개를 견인할 준비를 하고 있었다. 이른 아침 빠르게 움직이는 엄마는 집에 있는 우리가 늦지 않게 하루를 시작할 수 있도록 서둘러 견인해 주는 초침 같았다. 그 시간 눈앞에 날아다니는 날파리를 잡아 휴지로 감싸 변기에 흘려보내며 하루를 시작했다.

#뱃사공

해가 보이지 않는 습한 물가. 안내자의 등을 따라 도착한 장소에는 배가 하나 있었고 강 건너편에서는 먼저 도착한 이들이 나를 기다리고 있었다. 앞서가던 안내자는 사라져 보이지 않았고 뱃사공이 눈에 들어왔다.

"아, 늦었구나."

나 때문에 다들 못 가고 기다리고 있구나, 하는 미안함에 서둘러 배에 올랐지만 사공은 노를 젓지 않았다. 빨리 오라고 재촉하지 않는 사람들. 움직이지 않는 배. 침묵이 길어지는 만큼 어색하고 불편한 시간이 길게 이어졌다. 얼마나 멈춰 있었을까.

끼익, 하는 소리가 첫 노질의 시작을 알렸고 배가 움직이고 나서야 어색함도 사라졌다. 침묵이 길어지면 안 될 것 같아 대화를 시도했다. 사는 이야기, 살아온 이야기를 시답잖은 농담 하나 없이 전하며 제발, 빨리, 건너편에 도착하길 바라는 마음으로 떠들었다. 한참을 이야기하던 중 턱 하고 말문이 막혔다. 하고 싶지 않은 이야기를 해야 할 시간이 온 것이다. 머릿속을 빙빙 돌 뿐 입 밖으로 나오지 못하는 얘기. 식은땀이 비 오듯 흘러 내 몸을 적셨고 뱉지 못해 돌이 되어버린 말과 섞여 나는 무거워졌다. 그런 내 몸이 배를 가라앉히고 있었지만 사공은 아무런 재촉도 하지 않았고 나의 다음 이야기를 기다리고 있는것 같지도 않았다.

　잠깐씩 보이던 건너편 사람들은 언제 자리를 떠났는지 보이지 않았다. 노를 젓던 그 역시 시야에서 흐려지다 서서히 사라져 더 이상 보이지 않았지만 말하지 못해 돌이 되어버린 그것은 목구멍을 통해 밖으로 빠져나와 산이 되고 있었다.

　갈증을 느껴 깨어난 새벽, 주방에 있는 정수기로 향했다. 거실엔 틀어놓은 TV와 베개 끝자락에 머리를 반쯤 걸치고 안경도 벗지 않은 아빠와 살짝 열려있는 베란다 방향으로 몸을 돌리고 누운 엄마가 평소와 같은 모습으로 잠들어 있었다.

#돌멩이

모처럼의 시원한 날씨에 기분도 좋고 몸도 가벼웠다.

평소처럼 돌계단을 올라 할머니가 있는 방으로 달려갔다, 밝게 웃는 할머니에게 안겨 얼굴을 비비고 귀찮을 만큼 한참 어리광을 부리다 물어보았다

"그런데 할머니, 왜 죽었어?"

할머니는 대답이 없었지만 항상 보던 모습으로 앞에 있다는 사실만으로도 너무 기뻐 다시 어리광을 부렸다. 이렇게 좋은데 무슨말이 더 필요할까. 그렇게 보고 싶던 할머니가 내 앞에 있었다.

"오시느라 피곤할 텐데 좀 쉬셔. 또 놀러오시고. 알았지?"

"사랑해, 할머니."

말을 하고 자리에 눕혔는데, 피곤했는지 할머니는 금세 잠이 들었다. 그런데 할아버지는 어디 계시지?

할머니 올 때 같이 왔을 텐데. 안 보이네. 온 김에 얼굴이라도 보고 가지 안 온 척 하고 발길을 돌리셨소? 어디 몰래 숨어서 나를 보고 있나? 서운한 마음에 내다 본 문 밖에서 돌멩이 하나가 알아봐 달라는 듯 반짝이고 있었다.

"형은 좀 더 표현을 해야 돼요. 표현을 하지 않다가 이대로 나이가 더 들면 오해받는 일들이 생길 수 있어요."

아, 그렇겠구나. 그럴 수 있겠다. 귀갓길 대화를 떠올리다 할아버지가 생각났다. 참 뻣뻣한 사람이라는 기억이 대부분인데, 만약 할아버지가 나와 비슷한 사람이었다면…… 얼마나 많은 것을 좋아하며 살았을까, 어떤 마음으로 우리를 지켜봤을까, 얼마나 가까이 다가오고 싶었을까……. 하고 싶은 것도 많은, 꿈 많은 할아버지였겠다. 순간 스치는 기억에 코끝이 찡해졌다. 이불 위를 기어다니는 손녀를 보며 소리 없이 웃던 얼굴과 가까지 다가가 만지지 못하고 허공에 손을 들어 손가락을 쥐었다 폈다 하면서 입을 벙긋거리던 모습이. 손자가 입학했을 때 몇 반이냐고 묻던 모습도. 지금 생각해 보면 몇 반인 게 뭐가 궁금하다고 물어봤을까. 그게 뭐가 중요하다고. 그냥 내 눈에 너무 예쁜 손녀와 손자와 말을 나누고 싶었던 거였겠지. 그래도 조금 더 표현해 주지 그랬어. 내가 진작에 눈치챌 수 있게 말이야. 지금껏 오해했잖아. 불편하고 딱딱한 사람이라고. 어쩌면 호기심 많고 세상 행복했던 사람.

"어쩌려고 그 마음 남몰래 간직하고 땅에 묻히셨어요."

#다시 집으로, 날파리

오늘은 유난히 많이 움직였던 탓에 피곤한 몸을 이끌고 쓰러지기 직전 집에 도착했다.

"지금 밥 먹을 거니?"

"밥 얼마큼 뜰까?"

치익치익 압력솥 김빠지는 소리와 된장찌개 냄새다.

"조금만 주세요."

누군가의 대답 소리가 들려왔다. 응? 누가 왔나? 지금 몇 시지? 아직 새벽인 것 같은데. 몸을 돌려 시계를 보니 6시 47분이었다.

"엄마, 손님 왔어요?"

엄마는 대답이 없었다. 누가 내 방에 있지? 궁금했다.

방에서 내가 걸어 나오고 있었다. 방에서 나온 나는 테이블 옆 살충제를 집어들어 나에게 뿌려댔다. 살충제에 젖어 무거워진 내 몸이 바닥으로 곤두박질쳤고 금세 휴지에 싸여 변기에 버려졌다.

오늘은 뭐 드시고 싶은 거 없어요? 들어올 때 사 오게. 힘든데 그냥 두세요. 이따가 치울게요. 엄마, 오늘 꿈을 꿨는데 어떤 꿈인지 이따 12시 넘어서 말씀 드릴게요. 아빠, 얼른 오셔서 식사하세요.

"다행이다. 내가 맞구나."

저들이 나누는 밋밋한 얘기는 어느 날인가 내가 했던 말과 비슷했다.

"피곤하네. 조금만 쉬자."

잠시 물에 떠 있던 나는 몸을 감싼 포근한 휴지와 함께 소용돌이 속으로 빨려 들어갔다.

작가의 말

강경원

어느 날 꾸었던 꿈과 이어지는 생각이 글이 되고 세상으로 나와 실물로 존재하게 된다는 게 아직도 실감 나지 않습니다. 재미있고 힙한 글, 가볍게 마음에 부딪히는 글을 쓰고 싶었지만 그런 것들을 표현할 수 있는 필력이 있는가에 대해 의문도 생겼습니다.

그런 글을 쓴다는 건 글로써 신의 영역에 도달한 미친 자들의 영역이라는 느낌을 받았고 세상 모든 글쓴이들에게 존경심이 생겼습니다. 자신감은 떨어지고 볼수록 부끄러운 글이 되어갔지만 지금이 아니면 안 된다는 생각에 글을 이어갔습니다.

어느 날 누군가, 나에게 다시 태어나도 나로 태어나겠는가 묻는다면 그렇다고 답하겠습니다. 머물 수 없어 먼저 떠난 사람들, 곁에 있는 가족과 친구 모두 다시 만나고 싶습니다. 이런 좋은 기억을 남겨주신 여러분에게 감사드립니다.

#김가원

빈 병 레시피

어느 겨울날 토요일에 태어나서 겨울을 좋아하고, 토요일이 어중간 걸쳐져 있는 금요일부터 일요일을 좋아합니다. 비 오는 날도 좋아하고 바다를 좋아하고 따뜻한 커피 한잔은 저에게 참 소중합니다. 양 적으면서도 맛있는 음식을 좋아하는데 바로 컵라면이지요. 또 좋아하면 기본 열 번 이상 보는, 영화를 무척 사랑하는 사람입니다. 그래서 이번 겨울에 비 오는 주말이라면 바다로 여행 가서 컵라면을 먹고 커피도 마시며 호텔 방에서 좋아하는 영화를 보고 싶습니다.

빈 병 레시피

"그럼 안 쓰는 그릇은 어떻게 하려고요?"

상담을 가는 인테리어 회사마다 곳마다 모두 빈정대는 말투였다. 화병이 났다. 내 집에서 내 돈 내고 내 맘대로 하겠다는데. 그리고 내가 싱크대 상부장은 필요없다는데, 왜들.

나는 단호하다. 나는 오십이고 그리고 나는 오십견이다.

"안 쓰는 그릇은 버려야지요."

농담이 아니다. 밥을 하다 청춘이 떠나갔다. 대신 찾아온 건 굵은 팔뚝. 너무 억울하지 않은가! 그래서 상부장 없는 싱크대를 했다. 오른팔 들기도 힘들어 싱크대 위쪽은 사용하지 못하겠다. 원래 상부장에 빈 유리병이 대부분이거든. 그래,

이제 빈 병은 버려야지. 그리고 이제부터 밥 좀 대충하고 살 거야.

내가 지금 해야 할 일은 새로운 싱크대에 넣을 것과 버려야 할 것을 구분해서 단호히 처분하는 것이다. 오늘은 냉정하게 버려야 한다. 내돈내산 그릇은 빼야지. 함부로 버릴 순 없지 않은가? 최소한 십년지기들인데.

어떤 것부터 처리할까?

파바 잼병? 파리바게트에서 파는 딸기잼, 블루베리잼, 사과잼 병은 다 똑같고 생긴 게 좀 뚱뚱납작스러워서 파바 잼을 다 먹고 여기에 내가 손수 티라미수를 만들어 담았다. 뚜껑을 닫아 냉장고에 넣어두면 1인용 컵케이크가 되지. 그런 날은 남편과 아이들에게 티라미수가 서프라이즈 선물이다. 그럼 딸기잼 블루베리잼 사과잼 다 사냐고? 응, 그렇다. 딸기잼은 잼 중에 기본이고 블루베리잼은 내가 요거트에 넣어서 잘 먹고 남편은 사과잼을 참 좋아하거든. 일단 이 병들을 버리고 당분간 티라미수는 안 만들면 된다. 당 떨어졌을 때 티라미수 맛집을 검색하면 언제든지 초록 검색창이 알려주겠지.

지금 냉장고에 들어있는 잼은 파리바게트 경쟁사 뚜레쥬

르 잼이다. 딸기잼, 블루베리잼, 사과잼 셋 다. 이걸 다 먹고 나면 와인을 담아 마실 계획이다. 아래가 좁고 위가 넓은 모양인데 손에 착 감기는 비율이 좋다. 아, 그러고 보니 이 뚜레쥬르 잼은 아직 다 먹지 못했으니 챙겨야 한다. 탕수육에 중국 술 대신 와인이 얼마나 더 잘 어울리는지 아는가!

병 중의 병, 예쁜 병은 샹달프 잼병인데 모두 버리겠다. 샹달프 빈 병은 항상 예쁜 짓만 했는데. 너는 특별해서 내가 커피를 더블 드립으로 진하게 우려 시댁 가는 남편에게 보낸 적이 있었지. 그때 남편은 시부모님과 진한 원액에 뜨거운 물을 부어 아주 맛있게 마셨다고 했다.

그럼 더치 기구는 집에 없냐고? 그래, 없다. 근데 더치커피를 참 좋아한다. 왕설탕이 콕 박혀있는 카스텔라에 더치커피 한 모금의 조합. 그럼 더치커피는 사다 먹느냐고? 아니지. 집에서 짝퉁으로 더치커피를 만들면 된다. 뜨겁고 진하게 커피를 우려서 식힌 다음 적당한 재활용 유리병에 붓고, 뚜껑 달아 냉장고에 하루나 이틀 넣어두고 숙성시키면 더치커피랑 비슷한 커피 맛이 난다. 그래서 마실 갈 때 홈메이드 짝퉁 더치커피를 넣을 예쁜 샹달프 병은 항상 필요했다. 날씬하고 예쁜 샹달프야, 뚜레쥬르 다 먹으면 코스트코 가서 너를 세트로 다시 살게.

참, 본마망 잼병을 빠뜨리면 안 되지. 본마망 잼병도 예쁘게 생겨서 아침 일찍 나가는 남편과 아이들을 위해 토마토주스나 과일주스를 만들어 이 병에 담아준다. 예쁜 색깔의 체크무늬 뚜껑이 있으니 냉장고에 넣어두고 꺼낼 때마다 얼마나 기분이 좋아지는데. 그래, 너도 바이바이지만 샹달프 다음 타자로 너를 쇼핑해 줄게.

얼마나 다행인가. 내가 열 올리는 게 고작 과일 잼이니까. 그렇다 치고 내가 밥 안하고 버티려면 역시 달지 않은 맨 빵에 여러 가지 잼을 질리지 않게 돌려막기로 발라주면서 달걀 프라이를 짝꿍 삼아 아침을 준비해야지.

그다음으로 우리 가족이 좋아하는 스파게티 소스 빈 병은 또 얼마나 많겠는가. 정말 많아 버리려고 모아둔 걸 들어보니 꽤 무겁다. 그중 청정원 파스타 병은 전체 모양이 아름다워서 어찌 보면 카페 유리잔 같다. 크기도 커서 이런 여름날에 얼음을 잔뜩 넣고 아이스커피를 만들어 홈카페 놀이를 하는 데엔 필수품이다. 너무 더워 피서 대신 넷플릭스랑 뒹구는 게 딱인 날, 그란테 사이즈 아아 한 잔과 에어컨 바람만 있으면 완벽한 호캉스다. 청정원, 일명 정원이를 꺼내서 아아를 담는다. 더군다나 이 청정원 파스타 병은 꼭 크게 칭찬을 해줘야 한다. 병에 붙어있는 라벨스티커가 제일 말끔하게 제거되니까. 그래, 너도 소임을 다 했으니 이만 물러가거라.

그리고 클라시코 스파게티 소스 병도 칭찬을 해줘야지. 이 소스 병 겉면에는 아예 음각으로 온스가 표시되어 있어서 요리할 때 정말 유용하다. 이 병 눈금만 이용해도 항상 정확히 윤식당 불고기 마더 소스를 만들 수 있었다. 이것 말고도 여러 회사의 스파게티 소스 병이 브랜드별로 싱크대 속에 많이도 있다. 아이고, 무거워라.

이번에 버리는 재활용 유리병 중 가장 부피가 큰 것은 자연드립 유자차 병이다. 이 병은 200g 원두가 딱 들어간다. 그래서 집 앞에 있는 원두 볶는 커피가게에 원두를 사러 갈 때마다 아예 이 자연드립 유자차 빈 병을 들고 다닌다. 이건 왜 버리냐고? 커피는 누가 타줘야 더 맛있다고 카모메 식당에서 그랬잖아.

참. 바질 페스토 빈 병.
우리 가족은 닭가슴살에 곁들이는 바질 페스토를 너무너

무 좋아하지. 배달해 먹는 닭 메뉴는 선택의 여지가 별로 없다. 거의 통닭. 그중에서 뿌링클은 처음에 '이게 뭥미?' 그런 느낌의 맛이었지만 자꾸 먹다 보니 그 나름의 불량스러운 맛이 나쁘지 않다. 대신 집에서 내가 하는 닭요리는 바질 페스토 찜닭이다. 예전에는 남편이 몇 년 동안 텃밭을 했다. 그때는 바질 한 그루에 얼마나 많은 바질잎을 따왔는지. 잎이 이쁘긴 했으나 너무 작아 한 잎 한 잎 흐르는 물에 씻기도 귀찮았지. 그렇게 귀하게 씻어서 바질 페스토를 직접 만들어 이 집 주고 저 집 주고 이리저리 나누었다. 그래, 오십견은 내가 자초한 것이다. 그리고 바질보다 비싼 잣값이 더 나갔다. 그런데 지금은 텃밭을 안 하니 바질 페스토 소스를 사다 먹는다. 바질 페스토 병들이 다 작은 편이라 이 병은 모카포트로 만든 에스프레소 한 잔을 보관하기 딱 좋다. 뚜껑 닫아 냉장고에 두었다가 우유를 부어 아이스라떼를 만들거나 얼음과 원액을 집에 굴러다니는 아무 텀블러에 넣어 손목을 이용해 최대한 무식하게 흔들어대면 완벽한 사케라토가 된다. 이제 인덕션으로 바꾸게 되면 이 알루미늄 모카포트도 사용을 못하겠지. 그래도 모카포트는 당근 버리지 못하겠다. 예쁘잖아. 거기다 아날로그적이잖아. 이 모카포트로 커피를 만드는 것이 사실 귀찮지만 그럴 때마다 손이 많이 가는 걸 나에게 해주고 "너는 참 소중해"라고 말해준다. 그래도 바질 페스토병은 버려야지. 거기다가 요즘 에스프레소 바도 여기저기 생기더라. 명동성당앞 〈몰토〉 때문에 유행인가? 원래 에스프레소라면 부암동 〈클럽 에스프레소〉인데? 아! 거기 안 간지도 백만 년이 지났네. 하여튼 소중한 내 손목을 사케라토 만든다고 혹사하지 말고 바리스타가 만드는 커피를 나에게 선물해야지.

참, 시판용 불고기 양념장 병은 못 버린다. 보통 불고기나 갈비양념 병은 폭이 좁아서 여기다 고춧가루, 흑설탕, 소금, 무가당 코코아가루 등을 넣어둔다. 이 폭 좁은 병은 싱크대 공간의 부피를 줄여주고 손에 쥐기도 편해서 불고기 소스 병들은 오늘 살아남은 살림이다.

또 하나 손목에 착 잡히는 재활용 잇 아이템 빈 꿀병들은 어찌할꼬? 나는 통깨를 시중에 파는 플라스틱 꿀통에 넣어 사용한다. 나는 그냥 집 앞 슈퍼마켓에서 꿀을 산다. 꿀을 다 짜 먹고 이 병에 통깨를 넣어서 사용하면 통깨 뿌릴 때 딱 적당하다. 꿀도 자주 쓴다. 맛있고 불량스러운, 몸에도 나쁜 토스트가 먹고 싶다면 토스트를 구워 마요네즈를 바른 후 꿀을 쫘아악 짜주면 몸에는 안 건강하지만 마음은 건강해지는 달콤한 토스트를 만들 수 있다. 그리고 청정원 시판용 마늘가루를 또띠아에 살짝 뿌리고 모차렐라 치즈를 잔뜩 뿌려 오븐에 살짝 돌려 꿀을 찍어 먹으면 이 또한 고르곤졸라 피자 비슷한 게 되거든. 그러니 마늘가루도 사놓으면 많이 편하다. 이 청정원의 마늘가루 빈 병에도 양조간장을 담아 달걀밥 먹을 때 식탁에 놓아두면 정말 요긴하게 쓸 수 있다. 내가 이 방법을 떠올리기 전에 용감하게 큰 간장통을 들고 식탁 앞에서 밥숟가락에 간장을 달걀프라이에 뿌려주었지. 요리를 많이 했으니 이제 그만하고 이것저것 다 버리면 바로 미니멀리스트 대열에 합류인가?

그렇지만 고추장, 쌈장 플라스틱 용기를 버려야지만 미니멀리스트에 '미'자라도 꺼낼 수 있을 것 같다. 빨간 고추장 통, 갈색 된장 통, 투명 쌈장 통 혹은 연두색 쌈장 통, 거기다가 키 작은 초고추장 통. 이런 용기를 용기 그대로 봐주면 참 예쁜 색을 가진 반찬통이 된다. 물론 회사마다 라벨스티커가 잘 떨어지는 것도 있고 정말 존재를 끝까지 알려주려고 스티커가 잘 안 떨어지는 것도 있다. 이걸 씻어서 놔둔 이유는 반찬 선물할 때 사용하기 때문이다.

친정에 반찬을 가지고 가면 아버지가 참 좋아한다. 평생 너무 건강한 식단만 차리는 어머니 밥상 대신 한 번씩 안 건강하게 먹고 싶을 때 엄마 반찬보다 맛없는 내 반찬이 아버지에겐 별미다.

아, 그리고 스타벅스 그릭요거트 병도 언급해야 한다. 이 집의 장점이 뭐냐, 스벅 바로 앞이라는 것이다. 집에서 사이렌오더를 넣고 5분 후면 스벅을 들고 올 수 있는 집. 스벅 커피 한 잔과 샌드위치 그릭요거트. 이게 나의 유일한 사치인데 또 스벅 리저브가 있긴 하지만 난 원래 스벅에서 오늘의 커피만 마신다. 하여튼 나는 스타벅스 그릭요거트 병을 많이 사용했다. 이 병은 초록색 긴 머리 인어공주 스벅 로고가 그려져 있어 고급스러워 보이기도 한다. 이 병으로 말할 것 같으면 내가 다 깨뜨려버린 홈메이드 요거트 기계에 딱 맞는 사이즈여서 집에서 요거트 만들기용으로 잘 사용한다. 물론 요거트 기계엔 딱 네 개만 필요한데 쓸데없이 많긴 하다. 그래서 지금은 T2 크리스마스 시즌 티가 이 병에 담겨 있다. 커피보다도 맹물보다도 더 사랑하는 홍차를 넣어두면서 다른 병 몰래 특별대우를 하고 있다. 그래도 나머지 스벅 요거트 병을 다 버리기로 한다.

진짜 이 병 저 병 여러 종류의 병이 너무 많은데 다 나에게는 재활용품 분리 대상이 아니고 당당히 살림의 일부였다. 그러나 이걸 오늘은 대부분 버린다. 이제 새 싱크대에는 너희들을 재워줄 공간이 없거든. 미안 미안. 고백하자면 내가 일부러 그랬어. 그리고 오늘이 아파트 분리수거 목요일이다. 아, 그래. 속 시원하게 버려야 되는데. 내 몸이 예전의 내가 아니야. 이 기분. 스스로 토닥토닥해본다. 다 좋을 것이고 다 잘될 거야. 이 집에서 수고했어.

작가의 말

김가원

오십견이 생겨 밤마다 아파 자다 깨어나서 울었습니다. 밤에 깨어나지 않게 쓰러지기 직전까지 옆 동네, 그 옆 동네를 걸어갔다가 버스나 택시를 타고 돌아오면 너무 피곤해 한밤중에 아파서 깨는 일은 없었습니다. 2년만 아프면 된다는 의사선생님의 말씀은 통증을 참을 수 있는 희망을 주었고 정말 딱 2년 정도 아팠습니다.

그동안 남편은 설거지로 주부습진에 걸렸고 그래서 제가 오십견으로 알게 된 것은 정말 남편을 잘 만났다는 것입니다. 남편은 코로나로 2년 넘게 재택근무를 하며 주부 9단이 되었습니다. 그리고 아이들 둘은 하느님이 주신 보물. 엄마가 아프다고 얼마나 끔찍이 사랑해 주는지 나는 오십견 걸린 황후마마로 잠시 살다가 이제 원래 캐릭터 무수리로 컴백합니다.

지금 이순간, 지금 여기 내 이야기를 할 수 있게 자리를 마련해준 이매문고 전경자 대표님과 김서령 작가님에게 감사드립니다.

오케스트라의 리허설을 생각했습니다. 연주복으로 무장하고 관객이 없는 공연 전 리허설은 참으로 황홀하거든요. 거기엔 프로든 아마추어든 상관이 없었습니다. 또 쓰고 또 쓰고 또다시 써서 새벽을 같이한 카톡방. 서로의 이야기가 더해지고 수정되는 과정을 읽을 수 있다는 것 또한 특별한 리허설의 황홀함이었습니다. 저도 여러분과 또 다른 새벽을 함께하겠습니다. 모두 감사합니다.

#정유리

엄마의 집밥

엄마이며, 예술가의 길을 걸어간다.

엄마의 집밥

#한여름 보양식 닭백숙 만들기.

영계, 전복, 통마늘, 찹쌀, 대추, 은행 조금, 맛술, 소금 한 조금, 우유

찬물에 깨끗이 씻은 영계 한 마리를 우유에 잠길 정도로 넣어 10분 정도 담가 둔다. 이건 닭 비린내를 없애기 위해서다. 그사이 찹쌀 반 컵을 씻고, 통마늘, 대추, 은행, 전복은 손질해 둔다. 10분이 지났으면 우유에 담가둔 영계를 건져서 압력밥솥에 찹쌀을 바닥에 깔고 나머지 재료를 모두 넣는다. 그리고 물은 닭이 잠길 정도로만 부어준다. 맛술 한 스푼과 소금 한 꼬집을 넣고 뚜껑을 닫은 후, 센 불에서 지지직 소리가 날 때까지 끓여준 뒤 불을 낮춘 후, 약불에 20분 정도 더 끓여 주고 불을 끈다.

5분 뒤 압력솥의 김을 빼준다. 뚜껑을 열고 큰 대접에 닭을 먼저 건져 놓고 작은 대접에 먹을 만큼의 죽과 전복을 덜고 오이와 아삭이고추를 함께 차려내면 맛있게 먹을 수 있다. 매해 여름이면 자주 해 먹는 음식이고, 나와 큰아들이 좋아하는 최애 음식이기도 하다.

큰아들은 결혼하면 아내에게 엄마한테 꼭 배우라고 하고 싶단다. 김치도 아니고, 닭백숙을. 그만큼 엄마를 좋아하고 사랑한다는 표현이라 생각한다.

반면, 작은아들은 검증된 대중 음식과 대기업 레시피를 선호한다. 유일하게 엄마가 해주는 음식 중 맛있다고 하는 닭요리가 있다.

#닭봉조림
닭날개, 닭봉, 우유, 콜라, 간장, 설탕, 소금 조금, 맛술, 후추
(당근, 대파, 통마늘은 있으면 좋고)

닭 날개와 닭봉을 세척 후 우유를 닭이 잠길 정도로 붓고 10분 정도 담가둔다. 그사이 대파와 당근을 손질 후 손가락

크기 정도로 썰어 두고, 통마늘도 있으면 씻어둔다.

10분 뒤 닭봉과, 닭날개를 건져서 프라이팬에 살짝 볶아준다. 기름을 두를 필요는 없고 겉만 살짝 익도록 볶는다. 그리고 콜라를 잠길 정도로 붓고 간장으로 간을 맞춘다. 더 달게 드실 분은 설탕 반 스푼과 소금 살짝 넣어 준다. 나는 설탕과 소금 대신 참기름만 한 스푼 넣어주는 편이다.

어느 정도 끓여서 재료가 익으면 당근과 파, 통마늘을 넣고 살짝 조려준다. 예쁜 접시에 담은 후 파슬리로 장식을 해서 낸다. 흰쌀밥과 함께 먹으면 맛있다. 여기에 작은아들은 비비고 김치까지.

26년을 함께한 남편은 아들들이 좋아하는 치킨을 싫어한다. 그는 엄마 집밥을 그리워하는, 일명 삼식이다. 시골 출신인 그는 해가 지면 자고 해가 뜨면 기상하던 어릴 적 생활 습관이 지금도 남아 칼퇴근에 집돌이다. 요즘 남자들은 영식이라던데 삼식이인 그는 배가 나왔다.

그가 제일 좋아하는 반찬은 어릴 적 엄마의 손맛이 느껴지는 고등어조림이다. 어휴, 남편이 제일 큰아들이라는 말에 나도 공감한다. 남편 덕분에 고등어조림만 20년의 시행착오 끝에 지금의 레시피가 나왔다.

#고등어조림

신선한 생고등어, 멸치 다시마 육수, 무, 양파, 청양 고추, 대파, 청양 고추, 양념장(고춧가루, 진간장, 된장 조금, 맛술, 멸치 액젓, 올리고 당, 후추)

손질한 고등어를 찬물에 깨끗이 씻은 후 쌀뜨물에 20분 정도 담가둔다. 그 사이 양념장을 만들고 무와 채소를 다듬는다. 크게 썬 무를 냄비에 넣어 멸치육수를 한 컵 정도 넣고 고춧가루와 소금 한 꼬집을 넣고 끓이다가, 무가 익은 상태에서 쌀뜨물에 담가두었던 고등어를 건져 넣고 양념장을 넣는다.

이때 양념장은 반 정도만 넣어서 간을 보면서 조려가며 입맛에 맞게 추가한다. 내가 만든 고등어조림을 처음엔 맛이 없다 투정했지만 지금은 잘 먹는다. 26년의 꼴통 주방장도 이젠 셰프 수준이다. 알고 보니 시어머니의 비밀 레시피는 마지막에 넣는 백색 가루였다.

남편과 정반대 성격인 난 야행성이다. 그래서 새벽 5시에 일어나 아침밥을 매일 차린다는 건 악몽을 꾸는 것 같았다. 그런 악몽을 꾸면 그가 미웠고 싫었다. 나의 꿀잠을 포기해야 하는 좌충우돌 우왕좌왕 정신없는 결혼 생활은 그렇게 시작됐고, 오늘도 나는 뭐 해서 먹을까 고민한다.

작가의 말

정유리

결혼 전 패션디자인을 전공했지만 디자이너로 일하기보다 장사꾼으로 살았다. 어쩌다 결혼을 하여 아들 둘을 낳고 교사 남편 월급으로 생활하기 부족해 부동산 재테크로 돈을 벌어 보기로 했다. 부동산 재테크는 목돈이 필요해 대출을 받다 보니 대출금과 아이들의 교육비를 벌어야 했고 그렇게 다시 동대문 시장 두산타워에서 옷가게를 하게 되었다. 두 아이를 어린이집에 보내고 시장에 나가 일을 하고 밤에는 물건을 사고 새벽에 들어와 잠시 눈을 붙이고 일어나 다시 아이들을 보내고…… 그렇게 1년을 하니 체력이 바닥나 쉬는 날 아이들 밥도 제대로 챙겨주지 못했던 것이 늘 마음에 걸린다. 그때 갓 한글을 읽기 시작했던 큰아이들이 과자를 먹기에 "준하야, 미안해. 엄마가 밥 차릴 기운이 없네" 했더니 "괜찮아, 엄마. 이거 봐, 몸에 좋은 양파링이잖아"라고 나를 위로해 주었다. 큰아들은 지금도 식사 때면 엄마가 차려만 줘도 고맙게 생각하고 잘 먹어준다. 몇 시간씩 쪽잠을 자며 일을 하니 부족한 잠에 판단력도 흐려지고 일도 잘 풀리지 않았다. 빨리 돈을 벌어 보겠다는 무모한 생각에 체력도 안

되면서 일만 크게 벌였던 것이다. 결국 그렇게 일하다 쓰러져 거의 한 달을 병원에 입원해 있었다.

그때 큰아들 나이가 여덟 살이었다. 초등학교 입학할 때라 어쩔 수 없이 친정 부모님 도움을 받게 되었고, 그 덕에 나는 지금까지 친정 부모님과 함께 살고 있다. 여덟 살이었던 준하는 벌써 군대를 다녀와서 복학생이 되었다. 지금은 학교 앞 근처 왕십리역에서 혼자 자취를 한다. 혼자 살면서 더 의젓해진 큰아들은 어쩌다 집에 와도 엄마가 힘들 거라고 밥을 혼자 차려 먹는다. 15년 전 한집에서 살기 시작하면서 우리 집 쓰레기는 항상 친정아버지가 버린다. 당신 딸 아프고 힘들 때 도와주던 일이 친정아버지의 집안일이 되었다. 연금을 받으시는 친정아버지는 손주들에게 항상 용돈을 두둑이 챙겨 주는 일명 손주 바보다. 그런 아버지가 애지중지 제일 예뻐하는 둘째 준형이는 어릴 적부터 용돈이 두둑했고 덧셈 뺄셈을 돈으로 배웠다. 그래서 지금도 돈 계산 하나는 철저하다. 고등학교 때부터 학원비 아깝다고 학원 안 가고 그 시간에 아르바이트해서 1년 모은 용돈으로 조금씩 주식을 사고팔더니 지금은 슈택을 한다. 우리 집 베란다에는 몇백만 원씩 하는 명품 운동화가 가득하다. 그냥 공부나 했으면 좋겠다. 친정아버지의 그늘에서 평생 왕비처럼 살아온, 배우 김지미를 닮은 엄마는 폐암 투병 7년째다. 그래서 모든 집안일을 내가 도맡아 한다. 새벽밥 먹고 출근하는 남편까지 제각각으로 치러지는 대가족 식사를 그때그때 차리다 보면 나는 밥만 차리고 치우다 시간을 낭비하는 기분이 든다. 요즘은 갱춘기 아줌마 핑계로 아침은 각자 알아서 챙겨먹는 걸 권장한다. 그래도 저녁 식사 준비는 매일 나의 숙제다. 나에게 집은 오늘은 뭐 먹지? 를 고민하게 만드는 곳이다.

나에게 꿈처럼 동화 작가의 그 첫 발걸음에 도전할 기회를 주신 이매 문고 전경자 대표님, 그리고 첫 수업부터 시댁 일로 빠지고, 쓰기 숙제 못해서 헤매는 불량학생인 나를 한 번도 지적질 없이 "그냥 쓰세요. 편안하게 쓰세요" 했던 텐션 좋은 김서령 작가님. 내가 꼭 읽고 싶었던 소설《수정의 인사》작가여서 배우는 기쁨이 더 고맙고 행복했다. 좋아하는 작가의 글을 매일 읽고 따라써 보면 쓰기가 닮아간다고 한다. 그래서 이제 매일 아침은《수정의 인사》를 필사하며 시작한다. 밤새우는 일에 트라우마가 있는 나는 잠에 예민하다. 그런 내가 글을 쓰며 다시 밤을 지새워 봤다. 참 고마운 일이다.

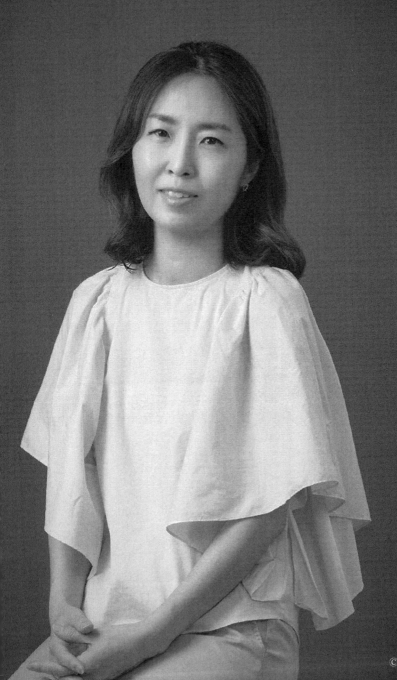

#조혜영

집, 나를 알아가는 과정

허둥지둥 라이프 15년차 직장맘. 각자의 개성이 달라도 너무 다른 남자 셋과 오늘도 고군분투 중이다. 욱하고 후회하고 잠시 평온했다 다시 욱하는 육아 프레임을 벗어나고자 가끔씩 다른 곳을 기웃거린다. 기분이 다운될 때 어린이 그림책을 보면 마음이 편안해지며, 동네 어린이도서관의 그림책을 다 보는 게 올해의 목표다. 나이가 들어도 엉뚱하고 귀여운 할머니가 되고 싶고, 기회가 되면 많은 할머니를 인터뷰해 보고 싶다. 취미는 상상하기인데, 최근에는 전세계 아줌마들의 수다 네트워크 구축을 상상해보면 왠지 즐겁다.

집, 나를 알아가는 과정

어린 시절 집이 대개 그렇듯 우리 집은 조금 북적거렸다. 한때는 고모, 삼촌, 사업 망한 작은아빠네 식구들까지 함께 살았던 이층집 시절도 있었고, 명절이면 나는 알지 못하는 아빠 손님들 접대로 엄마가 주방에서 나오지 못하던 시절도 있었다. 엄마가 단장하고 아빠가 주인 같았던 그런 집. 중학교 때는 컴컴하고 시멘트 냄새가 나던 반지하 시절도 잠깐 있었고, 부모님이 난생처음 지은 언덕 위 넓은 마당 집은 2년도 채 살지 못하고 IMF 때 고스란히 넘어갔다. 나의 부모님에게 집이란, 젊은 시절의 애증이며 산산조각난 꿈이었을 테다.

다양한 집에서 지내보았지만 딱히 집에 대한 인상 깊은 무언가가 없는데, 그 시절 아주 생생한 어떤 기억은 집이 아닌 '집으로 가는 길'이었다. 평생 서울에서 살아온 내가 고2가 되던 3월 첫날, 하루아침에 경기도 김포로 전학을 가ㅣ게 되었다. 아빠의 사업이 어려워져 난데없이 살게 된 어느 시골, 누군가의 집 지하 방. 대강 칠한 계단 시멘트와 성의 없이 바른 도배지로 울퉁불퉁한 벽. 새로운 공간과 학교. 모든 것이 낯선 환경에서 나에게 향기롭고 행복했던 시간은 다름 아닌 하교 후 그 낯선 집으로 가던 시골길이었다.

오후 시간, 학교 뒷문을 나와 혼자 집으로 향한다. 당시엔 야간 자율학습이 없었던 것인지, 아니면 이른 하교를 했던 며칠간의 기억인지는 확실하지 않다. 어쨌든 나의 기억을 강렬하게 지배하고 있는 그 시절. 전학 온 지 얼마 안 되어 친구도 없고 나와 방향이 같았던 아이들도 없었던 것 같다. 그렇게 혼자 집으로 가던 그 길은 이제 막 하얀 포장이 깔린 오솔길. 나를 사로잡았던 것은 길 양쪽으로 핀 아기자기한 각종 들꽃이었다. 특히 좋아했던 보랏빛 옹기종기 피어있는 꽃들. 직진으로 쭉 뻗은 아스팔트가 아닌, 말끔하면서도 구불구불하게 이어진 오솔길과, 마치 나와 함께 그 시간을 함께하고 있는 것처럼 쫑쫑쫑 피어있는 꽃들, 따스한 오후 햇살. 온전히 나 혼자였고 동시에 혼자가 아닌 것처럼 느껴졌던 그곳과 그 시간을 사랑했다. 그래서 그 순간을 눈에 잘 담아가기라도 하겠다는 듯 하늘과 꽃과 땅과 길을 열심히 그리고 사랑스럽게 쳐다봤던 기억. 학교에서는 서울에서 온 무표정하고 새침한 아이였지만 그 순간, 나는 스스로가 미소 짓고 있다는 것을 알았다. 그렇게 그 길은 즐거웠다. 짧지 않은 길이었는데 집에 도착하면 아쉬웠다. 비록 나는 마치 무채색처럼 나에게 아무 느낌도 주지 못하는 낯선 집으로 들어가지만 그 길을 걸으며 위로받는 느낌이었기에 덤덤히 집 안으로 들어갈 수 있었다.

늘 기다려졌던 그 시간은 그렇지만 아쉽게도 금방 끝나고 말았다. 그곳은 임시 거처와 같은 곳이었고 누군가의 도움으로 우리는 인근 아파트촌으로 이사했다.

모든 것이 너무나도 조화로웠던 봄날의 장면이 열여덟 여고생의 마음에 온전히 들어온 것이었을까? 누군가에게는 전혀 특별할 게 없을 그 길의 기억이 입체적으로 강렬하게 남은 것은 스스로도 의아할 일이다.

비슷한 강렬한 감정을 이후 딱 한 번 느낀 적이 있다. 수년이 지나 대학교를 졸업하고 캐나다로 어학연수를 갔을 때였다. 내가 머물던 집은 다운타운에서 버스를 타고 다리를 건너가야 하는 한적한 동네에 있었다. 2층 주택들과 녹지가 조화롭게 구성된 동네였는데, 하교 버스에서 내려 집으로 걸어가는 찻길에서 조금 떨어진 숲길 안쪽에 소박한 화원이 보석처럼 숨어있었다. 당시 주머니 사정이 빤했던 나는 작은 화분

하나 사 오지 못했지만 가끔 그곳을 들르는 것이 큰 즐거움이었다. 그때나 지금이나 꽃 이름도 제대로 모르지만 고등학교 시절 시골길에서 본 듯한 작은 들꽃들로 정성스럽게 꾸며진 화원은 사랑스러웠다. 저마다 조금씩 다른 핑크, 보랏빛 아기자기한 꽃들의 조화가 얼마나 어여쁜지. 일부러 매일 들르지 않고 며칠씩 아껴두었다가 들르곤 했는데 그래서 그곳이 더 반가웠고 그런 날은 집으로 가는 길이 즐거웠다.

그래서 20년이 지난 지금, 나는 꽃순이로 살고 있을까? 전혀 아니다. 한 달에 한 번만 물 주면 된다는 선인장도 우리 집에서는 영 기운을 차리지 못하고 신속하게 죽어 나간다. 소위 똥손으로, 우리 집에는 초록초록한 아이들이 없다. 요즘은 홈가드닝이라고 집의 한편이나 베란다를 정원처럼 꾸미는 사람들도 많다는데 그저 부러울 뿐이다. 재능도 없지만 사실 게으름도 한몫한다. 일상에 매몰되어 이제는 많이 잊었지만 그래도 들꽃은 종종 바쁜 나의 발걸음을 멈추게 하는 존재다.

짧지만 강렬했던 그때의 기억들 때문일까? 결혼한 이후로도 쭉 아파트 생활을 해오고 있지만 주택 살이에 대한 로망이 늘 한편에 자리잡고 있다. 주인장이 마당 잔디를 잘 가꾸지는 못해도 집 근처에 오솔길이 있고 들꽃들이 풍성한 곳일 테다. 하늘과 길과 꽃을 보면서 걸을 수 있는 그런 곳. 아파트의 정돈된 화단이 아닌 반드시 근처에 들꽃이 숨 쉬고 있어야 하는, 어쩌면 환상이고 로망인 그런 주택.

유독 동식물을 좋아하던 큰아들이 벌써 중학교 2학년이 되었다. 이미 중학생이지만 큰아이도, 초등학생인 작은아이도 뛰어나가면 금세 땅을 밟을 수 있는 주택으로 이사를 가면 여전히 너무 좋을 것 같다고 한다. 아이들은 수년간 우리 부부에게 주택에서 살아보자고 졸랐지만 우리 부부는 엄두가 안 나 여전히 아파트에서 살고 있다. 자연 속으로 들어갔을 때 아이들의 표정이 달라지는 것을 보면 왜 좀 더 일찍 움직여보지 못했나, 용기내지 않았나, 미안해진다. 그런데도 수십 년을 유지해온 형태의 주거 공간을 조금이라도 벗어난다는 게 망설여진다. 그랬던 나인데 2년 전 큰아이가 대안학교로 진학하게 되고 환경과 공동체에 대한 키워드가 많아지면서 최근 아파트 생활에 부대낌이 느껴진다. 학교와 가정이 분리된 듯한 느낌이랄까. 아이는 배움의 공동체를 모토로 하는 학교에 보내면서 막상 사는 곳은 주변에 어떤 것, 누구와의 연계성도 없는 지역이라는 것도 모순이다. 누구나 학교 근처로, 공동체적 삶을 추구하는 곳으로 당장 이사 갈 수 있는 것은 아니지만 나의 경우, 진짜 그런가? 진짜 불가능한가? 내가 원하는 공동체적 삶은 구체적으로 무엇인가? 라고 스스로 곱씹어보게 된다.

사실 부모님의 뜻에 이끌려 순종적이며 수동적으로 살아

온 무채색의 내 모습처럼 나에게 그간 집이란 색채감 없는 공간이었다. 맞벌이 부부가 피곤한 몸을 끌고 들어와 간신히 저녁을 해 먹고, 대강 찌그러져 자고, 다음 날이면 또 출근하는 노곤함의 공간이자 때로는 투자의 대상으로 때가 되면 미련 없이 갈아타는 공간. 나이 40대 중반이 되어서도 확신 없이 흔들리는 내 인생의 방향성인 것만 같다.

주로 막연하고 때로는 생생한 로망인 집에 관한 생각. 갈팡질팡하는 내 마음을 선명하게 바라보고자 요즘 나는 일기를 쓴다. 내가 진짜 원하는 게 뭔지, 내가 정말 이상적으로 생각하는 집의 모습은 어떤 건지, 그 안에서 사는 가족들은 어떤 모습일지, 상상해보고 이따금 글로 남겨본다. 좀 더 자연스러운 형태의 주거공간이면서 마을과의 소통도 어느 정도 접할 수 있는 지역…… 그 시절 집으로 가던 그 길을 내가 계속 추억하듯이 내게 떠오르는 기억을 곱씹다 보면 내가 살 곳에 대한 방향성도 선명해지지 않을까? 한번 살아볼 수 있지 않을까? 어쩌면 이미 생각하고 있는 그 방향에 대해 더 용기 내 볼 수 있지 않을까? 그렇게 나는 오늘도 흩어져 있는 생각들을 모아본다.

작가의 말

조혜영

아들 문제집을 사러 동네 서점에 들렀다가 '에세이 클래스'라는 공지를 보고 입틀막을 했다. 매사 마무리가 흐지부지한 나에게 글쓰기를 공부한 후 출판까지 이르게 된다는 건 경이로운 일이었다. 전후 사정 생각 않고 빛의 속도로 신청을 하고 잊고 지냈다가 수업이 시작되었다. 첫날 수업 불참 후 두 번째 수업에 참여한 나는 수줍고 흥분된 마음으로 노란색 블라우스까지 골라 입고 갔다. 하지만 집에 오는 길엔 어깨를 축 늘어뜨렸고, 거실에서 커피를 마시고 있는 남편을 보자마자 왜 내 커피는 타 놓지 않았냐며 시비를 걸었다.

세상은 넓고 글 잘 쓰는 사람은 정말 많구나!
아니, 세상까지 안 가도 우리 동네에도 많구나!

내가 쓴 글이 재미없다 생각하긴 했는데 다른 분들 글을 보니 각각의 개성 있는 글들이 너무 흥미로웠고 그다음 드는 감정은 '초라한 나의 글' 그리고 '한정된 나의 생각'에 대한 의기소침함이었다. 평소에 글을 써보지 않았고 처음이니 당연한 거 아니냐는 남편의 말은 위로 같지도 않았다. 참여한 다른 분들이 원고를 다듬는 동안 나는 초안 그대로의 내 글을 몇 번 탐탁지 않게 쳐다보고는 그냥 두었다. 설상가상으로 수업 있는 날마다 곤란한 일들이 생겼고 마지막 출간파티에도 참여하지 못하게 되었다. 고민 끝에 중도하차하기로 결정했다. 내 글에 애착이 없었고, 함께 하는 분들께도 죄송했다. 스스로를 드랍시키는 경험을 다 해보는구먼, 이라고 중얼거리고 씁쓸한 마음으로 작가님에게 연락을 드렸다. 작가님의 답변은 "그렇게 끝내기에는 너무 아깝지 않나요?" 였다. 그리고 나는 지금 작가 후기를 쓰고 있다.

다시 내가 쓴 글을 들여다봤다. 여전히 밋밋하다. 하! 표현력의 한계여. 하지만 물끄러미 들여다본 그 안에는 나만의 소중한 기억들이 있다. 다른 사람은 모르지만 나만 알고 예뻐해줄 수 있는 이야기. 봄날의 향기롭던 하굣길과 비밀스러운 숲속 화원. 온전히 나만의 것이었던 그 시간. 그렇게 나는 내 눈치를 보고 있는 나의 어설픈 글과 다시 손을 잡았다.

"하다 만 사람"에서 "해낸 사람"으로 마침표를 찍게 해준 김서령 작가님, 내가 좋아하는 우리 동네 핫플 이매문고 대표님, 감사합니다. 이 여정에 함께 해온 다른 작가님들, 계속 응원합니다. "우리 엄마가 책을?" 하면서 놀라워할 우리 지훈이, 도현이와 내 남편, 사랑합니다. 그리고 제가 했으니 이 글을 읽는 여러분도 하실 수 있습니다. 마지막으로, 이제 세상에 나올 나의 수줍고 어여쁜 글, 고마워!

집들이 선물

ⓒ김민정 이영미 장정미 전수민 김경아 김남희 지은호
　조영수 정현이 허윤정 강경원 김가원 정유리 조혜영 2022

발행　　　2022년 7월 24일

지은이　　김민정 이영미 장정미 전수민 김경아 김남희 지은호
　　　　　조영수 정현이 허윤정 강경원 김가원 정유리 조혜영

펴낸이　　김서령
책임편집　이진
편집　　　오윤지
디자인　　서우주
펴낸곳　　책쓰는밤

ISBN　　　979-11-91816-13-6

이 책은 문화체육관광부와 한국작가회의가 후원하는 〈작가와 함께하는 작은서점 지원사업〉
의 일환으로 분당 이매문고와 함께 제작했습니다.